KB159605

꼭두야, 배웅길 가자

교과연계
초등 국어 6학년 2학기 1단원 작품 속 인물과 나
초등 사회 5학년 2학기 1단원 옛사람들의 삶과 문화
초등 도덕 6학년 2학기 7단원 크고 아름다운 사랑
중학 국어 1학년 1학기 4단원 예측하며 읽기와 토의(천재교육)
중학 국어 2학년 1학기 3단원 우리가 만드는 의미(창비)

청소년 권장 도서 시리즈 7
꼭두야, 배웅길 가자

2022년 9월 8일 초판 1쇄

글 김대조 그림 강화경
펴낸이 김숙분 디자인 김은혜·김바라 영업·마케팅 최태수
펴낸 곳 (주)도서출판 가문비 출판등록 제 300-2005-60호
주소 (06732) 서울 서초구 서운로 19, 1711호(서초동, 서초월드오피스텔)
전화 02)587-4244~5 팩스 02)587-4246 이메일 gamoonbee21@naver.com
홈페이지 www.gamoonbee.com 블로그 blog.naver.com/gamoonbee21/
제조국 대한민국 사용 연령 10세 이상
주의 사항 종이에 베이거나 긁히지 않게 조심하세요.

ISBN 978-89-6902-490-9 43810

- 이 도서는 한국출판문화산업진흥원의 '2022년 중소출판사 출판콘텐츠 창작 지원 사업'의 일환으로 국민체육진흥기금을 지원받아 제작되었습니다.

꼭두야, 배웅길 가자

김대조 글 강화경 그림

차례

이 글에 등장하는 꼭두 소개 7

1. 길마중 11
2. 첫 만남 25
3. 얼음 속 불 39
4. 기억, 아프거나 무섭거나 50
5. 매듭을 풀어야 61
6. 꼭두놀음 71
7. 불을 가진 아이들 88
8. 미안해, 괜찮아 101
9. 함께 가는 길 113
10. 마지막 배웅 126
작가후기 133

이 글에 등장하는 꼭두 소개

꼭두는 상여에 장식처럼 붙어 있는 나무인형입니다. 상여는 사람이 죽어 장례를 치를 때 시신을 옮기는 도구이고요. 옛사람들은 죽은 사람이 저승으로 갈 때 꼭두가 길동무 역할을 해 준다고 믿었어요. 꼭두는 저승길을 안내하고, 무서운 것이 나타나면 지켜 주었어요. 때로는 망자를 즐겁게 해 주기도 했습니다.

백호영감

날아다니는 호랑이 '비호'를 탄 백호영감은 이번 여행길에서 꼭두들을 이끄는 꼭두대장입니다. 백호영감은 불쌍한 영혼이 떠돌지 않게 저승길을 안내하는 길잡이랍니다.

연화부인

연화부인은 죽은 이의 마음속 상처를 부드럽게 어루만지고 따뜻하게 안아 주는 꼭두입니다. 엄마처럼, 할머니처럼 마음속 생채기를 보듬어 주지요. 한 손에는 밝고 따뜻한 빛을 내는 연꽃을 들고 있어요.

거꿀잽이

거꿀잽이는 죽은 이가 우울하거나 슬플 때 나타나 웃음을 주는 꼭두입니다. 원래 광대패의 땅재주꾼 우두머리라서 항상 물구나무를 서서 거꾸로 서 있어요.

방글동자

방글동자는 죽은 이를 도와주는 친절한 시종 꼭두입니다. 천진난만하지만 속마음은 깊지요. 죽은 이 곁에서 시중을 들며 친절하게 도와준답니다.

방상시

방상시는 꼭두들의 여행길을 든든하게 지켜주는 호위무사입니다. 일행의 맨 앞에 서서 창과 방패를 들고 있지요. 네 개나 되는 큰 눈을 뜨고서 악귀가 침범하지 못하도록 지킵니다.

인황차사

인황차사는 사람의 생애를 살펴 그 사람의 잘잘못을 판단하는 저승차사입니다. 인황차사에게는 삼시라는 부하가 있어요. 삼시는 인간이 태어날 때 각각 머리, 단전, 핏줄에 들어가 있다가 일생의 행적을 기록하여 인황차사에게 알려줍니다. 인황차사는 삼시를 통해 그 사람의 생애 모습을 확인할 수 있습니다.

1. 길마중

차가운 달이 서늘하게 떴다. 구불구불 올라가는 꼬부랑길에는 무거운 어둠이 찐득이 내려앉았다. 외따로 떨어진 꼬부랑길을 올라가 끝닿는 곳. 그곳에는 스산한 곳집이 덩그러니 서 있다. 곳집으로 오르는 길은 풀이 무성히도 자랐다. 아무도 찾아오지 않아 쓸쓸한 곳집은 그렇게 떨어지는 어둠을 그대로 맞고 있다.

저 멀리 마을 불빛도 아득한 밤. 곳집 주변에는 어둠과 고요가 겹겹이 쌓였다. 보이는 것이라고는 형체도 없고 깊이도 없는 검은빛뿐이다. 다만 문틈 사이로 오가는 서늘한 바람만이 휘이휘이 숨소리를 낸다. 바람의 숨소리는 어두운 적막을 깨뜨리며 을씨년

스러운 곳집 분위기를 더욱 서늘하게 했다.

그때, 곳집 안에서 흐릿한 노래가 들리는 듯했다. 노래는 안개처럼 가라앉아, 연기처럼 스멀스멀 곳집 안을 휘감아 돌았다.

어허와 어허와 어화넝차 어허와
북망산천 멀다 한들 대문 밖이 그곳이라
어허와 어허와 어화넝차 어허와
그 먼 길을 어찌 갈까 너 혼자서 어찌 갈까…….

노랫소리는 꿈결처럼 어둠을 토닥이다가 허공을 빙빙 돌아 상여 아래로 스르르 내려앉았다. 이윽고 노래가 멎더니 어둠 속에서 고요를 깨뜨리는 목소리가 들렸다.

"시간이 다 되었다. 일어나거라."

백호영감이 비호를 타고 어두운 곳집 안을 휘돌아보았다. 그러고는 무겁게 자리하고 있는 상여 앞으로 와서 큰 소리로 말했다. 하지만 한 뼘 앞도 보이지 않는 곳집 안에는 아무런 기척도 없었다.

"꼭두야, 꼭두야. 얼른 일어나래도!"

어둠 속에서 부스럭거리는 소리가 나더니 다시 조용해졌다. 못

마땅한 듯 백호영감이 고개를 설레설레 흔들며 소리를 더 높였다.

"어허, 이런! 꼼짝도 하지 않네. 아, 이놈들아. 달이 중천이다. 어서 일어나지 못해! 이러다가 달 지고 해 뜨겠다!"

그제야 어둠 속에서 눈동자가 하나 둘 깨어났다.

"아이! 왜 그래요, 영감?"

방글동자가 기지개를 켜며 상여 꼭대기로 풀쩍 뛰어올랐다. 단잠을 깨워 짜증이 난 얼굴이다.

"예끼! 방글동자가 방글방글 웃지 않고 왜 입이 삐걱빼각해? 얼른 정신 차리고 나랑 같이 가자."

"영감도 참. 제가 언제 삐걱빼각했다고 그래요? 이렇게 방글방글 웃지 않습니까? 얼른 가시죠."

방글동자는 언제 그랬냐는 듯이 한껏 방글거리며 웃었다. 백호영감은 비호를 탄 채로 상여 주위를 다시 빙 둘러보았다.

"으흠! 거꿀잽이야, 방상시야, 실눈 뜬 거 다 보인다. 얼른 나와라."

상여 난간에 웅크리고 있던 거꿀잽이와 방상시도 눈을 밝게 떴다.

"아이고! 방상시 너 때문에 들켰잖아. 눈을 질끈 감고 있어야지."

"뭐야? 거꿀잽이 네가 두 눈을 꼭 감으라 했잖아. 난 시키는 대로 했다. 어째서 들킨 게 나 때문이냐?"

"아이쿠! 그런다고 남은 두 눈을 멀뚱히 뜨고 있어? 뭣 하러 눈을 네 개씩이나 달아가지고."

둘은 옥신각신 남 탓을 했다.

"어허! 서로 탓할 것 없다. 둘 다 부른 것이야. 얼른 나오래도."

백호영감이 거꿀잽이와 방상시 가까이 바짝 다가갔다. 그러자 비호가 입을 쩍 벌려 둘의 얼굴 앞에 날카로운 이빨을 드러냈다.

"아이쿠, 깜짝이야! 왜 이리 이빨이 날카로워? 알았어, 일하러 간다고!"

날카롭게 벼려진 백호의 이빨에 거꿀잽이와 방상시는 정신이 번쩍 들었다. 둘은 몸을 일으켜 움직여 보았다.

"얼씨구나! 일하러 가세!"

거꿀잽이가 먼저 휘리릭 공중제비를 돌아 상여 꼭대기에 올라섰다.

"어흠! 이얍! 악귀야, 물러가라!"

방상시도 창과 방패를 챙겨 들고 상여 꼭대기로 묵직하게 뛰어올랐다. 그러고는 눈동자를 동서남북 네 방향으로 요리조리

굴렸다.

“이번 길마중에 꼭 같이 가야 할 꼭두가 더 있는데…….”

백호영감은 비호의 고삐를 당겨 상여를 한 바퀴 더 돌았다.

“연, 화, 부, 인. 계신가?”

백호영감이 부드럽게 이름을 불렀다. 상여 난간에 다소곳이 기대 있던 연화부인이 깨어났다.

“어쩐지 꿈자리가 사납더라니, 내가 해야 할 일이 있나 보오?”

연화부인은 들고 있던 연꽃에 등불을 켰다. 그러고는 하늘하늘 날아 상여 꼭대기로 올라갔다. 꼭두들이 모두 모이자 백호영감도 그 옆에 내려앉았다.

“영감, 무슨 일이에요?”

방글동자가 방글방글 웃으며 물었다. 그러자 거꿀잽이가 퉁명스럽게 대답했다.

“새삼스럽게 뭘 물어? 배웅길 가는 게 우리 일 아니냐?”

“영감이 이렇게 서두르는 걸 보니 뭔가 특별한 사연이 있나 보오.”

연화부인이 걱정스러운 인상을 지었다.

“흐음. 아무래도 심상치 않아. 망자의 느낌이 너무 어둡고 차갑단 말이야."

백호영감이 한숨을 내쉬었다. 그러자 꼭두들이 긴장하는 표정을 지었다.

"망자가 길을 잃어 헤매고 있어. 어둠 속에서 한 발짝도 나아가지 못한 채 추위에 벌벌 떨고 있어. 그러니 더 늦기 전에 얼른 길마중을 떠나자."

백호영감이 비호의 고삐를 힘껏 당겼다. 비호가 우렁차게 소리를 내며 하늘로 날아올랐다.

"방상시야, 얼른 앞장서라. 너의 눈으로 어둠을 밝혀 망자를 찾아야 한다."

"알겠습니다! 이 네 눈으로 사방팔방 백 리 밖까지 훤히 내다보겠습니다. 따라만 오십시오."

방상시가 백호영감 앞에 떡하니 서더니 네 개의 눈을 부라렸다.

"방글동자와 연화부인은 내 뒤를 따라오고. 거꿀잽이는 맨 뒤를 부탁해."

"걱정일랑 마시오. 뒤쪽은 내가 단단히 챙길 테니."

거꿀잽이는 훌렁훌렁 재주를 넘어 맨 뒤로 가서 물구나무를 섰다. 백호영감은 마지막으로 대열을 확인하고는 크게 소리쳤다.

"길마중! 길마중! 길마중이다! 꼭두야, 길마중 가자!"

소리에 맞추어 비호가 우렁차게 울었다. 방상시, 백호영감, 방글동자, 연화부인, 거꿀잽이. 다섯 꼭두는 물 위를 걷듯 구름 위를 날듯, 길을 떠났다.

연꽃이 좋다 해도 연못 안에 늘어지고
버들꽃이 좋다 해도 시내 강변에 잦아지고
설중매화가 좋다 해도 눈비 맞아 부러지고
해바라기가 좋다 해도 해를 안고야 놀아나네
붉은 꽃 푸른 꽃 누른 꽃 흰 꽃
송이송이 피었구나 줄줄이 맺혔구나.*

꼭두들은 죽은 이의 넋을 달래려고 꽃노래를 불렀다. 하지만 어둠 속을 아무리 찾아 헤매어도 찾는 이는 좀처럼 보이지 않았다. 시간이 한참이나 지났는데도 보이는 건 차가운 어둠뿐이었다. 무서워 벌벌 떨고 있을 망자를 생각하니 백호영감은 마음이 조급했다.

동해안 오구굿 중 '꽃놀이굿'에서 참고.

"영감, 지금 가는 길이 맞긴 하오? 이러다 밤새우겠습니다."

연화부인이 지친 기색을 했다.

"내가 꼭두대장 노릇만 500년이야. 내 예지 대로라면 분명 이 근처라고. 방상시야, 뭐 좀 보이는 게 없느냐?"

"아, 네 개의 눈을 다 밝혀도 보이는 건 없고 눈만 시리니 답답할 따름입니다."

방상시는 말을 하면서도 눈을 부라리며 사방을 둘러보았다. 어둠 너머 어디에 있을 망자는 통 나타나지 않았다. 꼭두들은 칼바람이 휘몰아치는 데도 이마에 땀이 송골송골 맺혔다.

"잠깐, 조용히 해 보세요. 무슨 소리가 들리지 않아요?"

방글동자가 한쪽으로 귀를 기울였다.

거꿀잽이도 방글동자를 따라 몸을 돌려 보았다. 그러나 거꿀잽이에게는 아무 소리도 들리지 않았다.

"예끼! 어른 놀리면 못 써! 들리긴 뭐가 들려? 땅바닥에 손 집고 있으려니 손이 얼얼하고, 발을 들고 있으려니 발가락이 시큰거리는구나. 방글동자야, 어서 계속 가 보자."

거꿀잽이는 몹시 추운지 발바닥을 비비더니 길을 재촉했다.

"잠깐만. 나도 들리는 것 같아."

연화부인도 방글동자와 같은 방향으로 귀를 기울였다.

"저쪽이야. 아이 소리 같기도 하고."

"울음소린가? 영감, 저쪽에서 무슨 소리가 들려요!"

방글동자가 확신에 찬 얼굴로 손가락으로 방향을 가리켰다.

"아하! 그럼 그렇지. 내가 뭐랬어? 저기 있을 것 같다고 했지? 드디어 찾았구나. 얼른 가 보자고."

거꿀잽이는 방글동자를 나무랐던 게 무안했는지 자기가 앞장서서 가려고 했다. 그런데 백호영감이 거꿀잽이를 막아섰다.

"잠깐만! 절대 놀라게 해서는 안 된다. 살며시, 조용히."

백호영감이 앞장서자, 꼭두들은 살금살금 그 뒤를 따랐다. 소리가 점점 가까워졌다.

"으으 이이잉! 으으 흐흐흑!"

훌쩍거리며 우는 소리가 여자아이 같았다. 백호영감이 꼭두들에게 가까이 오라고 손짓했다.

"어어 어어엉!"

흐느끼는 목소리가 어둠 속에서 울렸다. 목소리는 힘없이 가라앉아 있었다.

"영감, 저깁니다."

방상시는 네 눈에서 있는 힘껏 빛을 뿜어 망자가 있는 쪽을 비추었다. 아이의 뒷모습이 희미하게 보였다. 아이는 바닥에 바짝 웅크려 떨고 있었다.

"그래, 저기 있었구나. 혼자서 얼마나 무서웠을꼬?"

백호영감이 탄식하듯 말을 뱉어냈다.

"쯧쯧! 어린것이 얼마나 추울까?"

연화부인이 애처로워 눈물을 흘렸다.

"우는 아이는 나한테 맡기시오. 웃음을 주는 재주는 이 세상 저 세상 통틀어서 내가 최고니까!"

거꿀잽이가 꾸불렁꾸불렁 몸을 흔들며 앞으로 나가려고 했다. 그러자 백호영감이 다시 앞을 가로막았다.

"영감, 왜 자꾸 막으시오? 나를 못 믿소? 내가 가서 저 아이를 웃게 만들 테니, 지켜보란 말이오!"

거꿀잽이가 거꾸로 서서 방방 뛰며 대거리를 했다.

"자네를 못 믿어서가 아니야. 웃음은 잠시 넣어두세. 지금 저 아이에게 필요한 건 웃음이 아닌 듯해."

"맞아요. 먼저 저 아이가 왜 저리 울고 있는지 이유를 알아봅시다."

연화부인이 백호영감과 거꿀잽이 앞으로 나섰다.

"연화부인 말이 맞아. 거꿀잽이는 웃음이 필요할 때 나서서 도와주게."

"오호! 그런가? 그렇다면 나는 뒤로 빠져 있을 테니 어서 가시오."

거꿀잽이는 무안하여 얼른 뒤로 물러났다. 백호영감이 연화부인을 바라보며 말했다.

"연화부인이 먼저 저 아이를 만나 보시오. 명부*에서 보니 저 아이의 이름은 윤이었소."

연화부인은 알았다는 듯 고개를 끄덕이고는 조심스럽게 아이에게 다가갔다.

"쯧쯧, 뭘 먹지도 못 했나? 어째 저리도 앙상하게 말랐나?"

방상시가 아이를 살펴보더니 안타까워했다.

"저승 올 때 옷도 못 얻어 입었나? 차림새가 왜 저리 후줄근하담?"

방글동자와 거꿀잽이도 아이의 뒷모습을 보며 혀를 찼다.

명부: 어떤 일에 관련된 사람의 이름, 주소, 직업 따위를 적어 놓은 장부.

2. 첫 만남

연화부인이 곁으로 다가가도 인기척을 못 느끼는지 아이는 돌아보지도 않았다.

"흐흠."

연화부인은 아이가 놀랄까 봐 작게 헛기침을 했다. 그러고는 아이의 이름을 부드럽게 불렀다.

"윤아, 좀 돌아보렴."

"엄마?"

아이가 뒤를 돌아보았다. 연화부인이 두 팔을 벌렸다. 그런데 아이는 연화부인에게 달려오지 않았다. 추위와 무서움에 떨던 아이가 와락 달려와 안길 줄 알았는데, 연화부인은 이상한 느낌이 들었다.

“윤아, 괜찮아. 이리 와 보렴.”

“자, 잘못했어요.”

아이가 안기기는커녕 부들부들 떨며 말했다. 연화부인은 아이를 그냥 둘 수 없어서 다가가 꼭 안아 주었다. 처음에는 아이가 움찔 놀라더니 연화부인의 따뜻한 품을 느끼고는 가만히 있었다.

“추웠지?”

연화부인이 아이의 등을 토닥여 주었다. 아이는 손을 움찔거리며 연화부인의 품을 파고들었다. 그사이 다른 꼭두들도 곁으로 다가왔다.

“네가 윤이 맞지?”

백호영감이 먼저 물었다.

윤이는 연화부인의 품에서 나와 꼭두들을 바라보았다. 호랑이에 올라탄 무섭게 생긴 할아버지, 거꾸로 물구나무를 서서 이상하게 웃고 있는 아저씨, 눈이 넷이나 달린 괴물 같은 사내, 방글방글 웃고만 있는 아이.

윤이는 무서운지 다시 몸을 떨었다.

"무서워하지 마라. 우린 널 도와주러 왔단다."

백호영감이 미소를 지으며 사근사근하게 말했다.

"으! 으으!"

윤이가 부들부들 심하게 더 떨었다. 백호영감이 애써 보아도 험상궂은 인상이 한순간에 부드럽게 바뀔 리 없었다.

"어허, 참! 영감은 웃는 거요, 겁주는 거요? 내가 하는 걸 잘 보시오."

거꿀잽이가 풀쩍풀쩍 뛰며 앞으로 나갔다. 이번에는 백호영감도 거꿀잽이를 막지 않았다.

"이히야, 에헤야. 아가야, 이 거꿀잽이 아저씨를 봐라. 웃기지? 신나지?"

거꿀잽이는 앞으로 두 번, 뒤로 세 번 재주를 넘으며 윤이 주위를 뱅뱅 돌았다. 다리를 까딱까딱 움직이기도 하고, 눈꼬리를 실쭉샐쭉하면서 한껏 재롱도 떨었다.

"헤헤헤. 거꾸로 돌아다녀서 거꿀잽이니?"

윤이가 웃기 시작했다.

"와하하, 웃었다. 그거 봐요, 내가 뭐라 했어요? 윤아, 네 배꼽 떨어졌다. 얼른 주워 넣어라. 하하하!"

윤이가 순간 자기 배꼽을 만져 보았다.

"아이, 뭐야. 깜짝 놀랐잖아."

윤이 표정이 한결 밝아졌다. 꼭두들의 표정도 조금 풀렸다.

"윤아, 우리는 너를 도와주러 온 친구들이다."

다시 백호영감이 나섰다.

"친구?"

"그래, 꼭두 친구들을 소개하마. 여긴 너와 가장 가까이에서 도와줄 친구, 방글동자."

방글동자가 방글방글 웃으며 손을 흔들었다.

"안녕, 난 방글동자야. 필요한 게 있으면 언제든 나한테 부탁해."

"여긴 방상시. 무서워 보여도 아주 좋은 친구란다."

방상시가 네 눈을 반짝이며 윤이를 바라보았다.

"윤아, 조금도 걱정하지 마. 무서운 놈들, 나쁜 놈들은 내가 다 막아 줄 테니. 네가 가는 길도 환하게 비춰 줄게."

"고, 고마워."

방상시의 눈을 쳐다보느라 윤이 눈동자도 뱅글뱅글 돌아갔다.

"이분은 연화부인. 엄마처럼 널 따뜻하게 지켜 줄 거야."

연화부인이 연등을 따뜻하게 밝혀 윤이 손을 녹여 주었다.
"몸이 추워도, 마음이 추워도 내가 윤이를 따뜻하게 해 줄게."
"아깐 고마웠어요."
윤이가 다시 연화부인의 품에 안겼다.
거꿀잽이는 스스로 나서서 자기소개를 했다.
"안녕? 난 거꿀잽이. 이 세상, 저 세상 다 뒤져도 나만큼 매력 있는 인물은 없지. 나만 보면 근심걱정이 모두 사라져 버려. 나 따라 웃어 봐! 하하하!"
윤이는 거꾸로 서 있는 거꿀잽이를 보고 웃음을 터뜨렸다.
"난 백호영감이다. 이번 여행길의 길잡이, 꼭두대장이란다."
"백호영감?"
"그래, 앞으로 그냥 영감님이라고 부르면 된다."
"영감님?"
"그래, 그렇게 불러라."
소개가 모두 끝나자 꼭두들은 윤이 주변에 둘러앉았다.
"그런데 넌 어떤 아이니? 아무리 쳐다봐도 너에 대해서 아무것도 보이지 않으니 말이야."
방상시가 윤이에게 물었다. 보통 방상시에겐 망자의 살아온 인

생이 어렴풋이 보였다. 그러나 윤이에게는 아무리 애써도 보이는 것이 없어 방상시는 고개를 갸우뚱했다. 다만 얼굴과 몸에 멍과 상처가 있는 것으로 보아 예사롭지 않은 사연이 있겠구나 싶었다.

"그래, 윤아. 네 이야기를 좀 해 줘."

방글동자가 윤이 옆에 붙어 서서 방글방글 웃었다.

"글쎄. 모르겠어."

윤이가 천연덕스럽게 꼭두들을 쳐다보았다. 답답한 듯 거꿀잽이가 나섰다.

"보아하니, 쫄쫄 굶은 것 같은데 뭐 먹고 싶은 건 없어? 보고 싶은 사람은?"

윤이가 곰곰이 생각하더니 말했다.

"보고 싶은 사람? 그런 거 없어. 아아, 배가 고프긴 해. 그것도 아주 많이."

"쯧쯧. 노잣돈*도 챙겨 주지 않았나? 아니면 챙겨 줄 사람이 없었나? 어찌 그리 쫄쫄 굶어?"

노잣돈: 먼길을 오가는 데 드는 돈. 또는 죽은 사람이 저승길까지 편히 갈 수 있도록 상여 등에 꽂아 주는 돈.

거꿀잽이가 안타깝다는 듯 말했다.

"잠깐 있어 봐."

말이 떨어지기 무섭게 백호영감이 비호를 타고 하늘로 날아올랐다. 백호영감이 공중에서 몇 바퀴 휘휘 도니 쌀밥에 따뜻한 고깃국, 맛난 반찬들까지 한 상이 차려졌다.

"와! 영감님 마법사예요? 어떻게 한 거예요?"

윤이가 깜짝 놀라며 기뻐했다. 윤이는 허겁지겁 그릇을 비우기 시작했다.

"윤아, 천천히 먹으렴."

연화부인이 생선을 발라 밥 위에 올려 주며 말했다.

"우아, 정말 맛있어요. 세상에! 밥이 이렇게 맛있었나?"

"너, 그러다 체한다. 하긴 죽은 사람이 체하는 게 별일이겠느냐마는."

거꿀잽이가 농치듯이 말했다. 그 말에 윤이가 손등으로 입을 쓱 닦고는 되물었다.

"죽은 사람? 너희들 자꾸 이상한 말을 하는데, 내가 죽었다고?"

방글동자가 낯빛을 바꾸며 고개를 끄덕였다. 윤이가 고개를 갸

웃하며 다시 물었다.

"죽었다고? 이렇게 멀쩡히 밥도 먹고 말도 하는데?"

윤이는 기가 막힌다는 듯이 입을 씰룩였다. 방글동자가 난처한 얼굴로 대답했다.

"그, 글쎄, 그걸 어떻게 말해야 하나? 네가 꼭두를 만난 건, 살던 세상에서 떠나왔기 때문이야."

윤이는 방글동자의 말을 듣고도 대수롭지 않은 얼굴을 했다. 방글동자가 답답한 듯 물었다.

"넌 지금 아무렇지도 않아?"

"별로. 적어도 어제보단 나쁘지 않아."

백호영감이 진지한 얼굴로 입을 열었다.

"윤아, 죽었다는 건 네가 있던 곳으로 다시 갈 수 없다는 뜻이야. 네가 보고 싶은 사람과 또 너를 사랑했던 사람을 이제는 만날 수 없다는 뜻이지."

윤이가 곰곰이 생각에 잠겼다. 자기가 보고 싶은 사람이 누구인지, 자기를 사랑해 주는 사람이 누구인지를 생각해 보는 것 같았다.

"괜찮아. 보고 싶은 사람 없어. 나를 사랑해 주는 사람도 없……

을 거야."

윤이 말을 듣자 연화부인은 가슴에 통증을 느껴 자기도 모르게 스르르 몸이 기울어졌다.

"괜찮으시오, 부인?"

백호영감이 연화부인을 부축해 주었다.

"괜찮아요. 어쩐지 이번 배웅길이 험난할 듯싶네요."

백호영감은 비호의 고삐를 잡아당겼다.

"사연은 차차 듣기로 하고, 어서 가자. 배웅길이 멀고 험할 것 같다."

말이 끝나자마자 윤이가 백호영감을 붙잡았다.

"영감님, 난 가기 싫어요."

"안심해라. 우리 꼭두들이 너를 편안하게 배웅해 줄 테니."

"배웅? 내가 어디로 가요? 왜요?"

윤이 목소리가 커졌다. 모르는 곳으로 가야 한다고 하니 무서운 모양이었다. 죽었다는 것이 아직 무언지 몰라도, 자기는 잘못도 없이 벌을 받는 것 같아 억울한 기분이 들었던 것이다.

"난 아무 잘못이 없어. 안 갈 거야."

"가야 해. 말했잖니, 다시 돌아가지 못한다고……."

백호영감이 엄한 목소리로 말했다.

"나 돌아가서 물어볼 게 있단 말이야. 방글동자야, 내 부탁 좀 들어줘 응?"

어디에서 그런 힘이 나왔는지 윤이 목소리가 크게 울렸다. 그러나 백호영감은 윤이가 부탁해도 아랑곳하지 않고 떠날 채비를 했다.

"알고 싶어. 내가 얼마나 아팠는지 정말 몰랐냐고. 나만큼 아프기나 했냐고!"

윤이가 매달려 보아도 꼭두들은 들어주지 않았다. 방글동자는 일부러 윤이의 눈길을 피했다.

"너희, 나빠. 순 거짓말쟁이들! 나를 도와주러 왔다며?"

윤이의 목소리가 날카롭게 허공을 질렀다. 순간 꼭두들이 멈칫하며 윤이를 돌아보았다.

"나, 정말 많이 아팠어. 많이 무서웠다고! 알아? 아냐고?"

윤이가 바락바락 소리를 질렀다. 고함 소리는 어두운 하늘을

찢어버릴 것만 같았다.

"아악! 아악! 내가 왜? 난 잘못이 없어!"

그 순간, 번쩍하고 벼락이 쳤다. 번갯불은 어두운 하늘을 반으로 쪼개더니 윤이 몸에 와서 부딪혔다. 윤이는 그대로 바닥에 쓰러졌다.

"윤아, 윤아!"

연화부인이 윤이를 끌어안았다.

"대체 무슨 일이야? 귀신이 곡할 노릇이구먼."

꼭두들은 영문을 몰라 우왕좌왕했다.

"어쩌죠? 움직이지 않아요. 윤이 몸이 딱딱하게 굳어 버렸어요."

연화부인이 소리쳤다. 꼭두들이 달라붙어 윤이 몸을 주물렀다. 그러나 아무리 해도 차갑게 굳어 버린 몸은 풀어지지 않았다.

3. 얼음 속 불

"이런 일은 처음이에요."

방글동자 얼굴에서 웃음기가 싹 사라졌다.

"영감, 큰일이에요. 아이 몸이 얼음처럼 차가워요."

연화부인이 아무리 감싸 안아도 윤이 몸이 전혀 따뜻해지지 않았다. 하지만 꼭두들은 곱은 손을 호호 불며 윤이 몸을 계속 주물렀다.

"이를 어쩌나! 이게 무슨 난리란 말이오? 망자가 벼락을 맞질 않나, 온몸이 얼음장이 되질 않나. 방상시야, 네 힘으로 좀 일으켜 봐라. 얼른!"

거꿀잽이가 깡충깡충 뛰며 불안해했다. 방상시는 윤이를 일으켜 보려고 애를 썼지만, 이미 몸이 굳어 버려 움직여지지 않았다.

"안 되겠어. 얼음처럼 차갑고 바위처럼 무거워. 아무리 힘을 써도 꼼짝하지 않아."

꼭두들이 안절부절못하며 불안해했다. 걱정스레 지켜보던 백호영감이 생각 끝에 비호를 타고 하늘로 날아올랐다.

"도움을 청해야 할 것 같다. 잠깐 다녀올 테니 윤이를 잘 살피고 있어라."

"영감, 어쩌시려고요? 누구에게 도움을 구한단 말이에요?"

방글동자가 다급하게 물었다.

"윤이가 어떻게 살았는지 알아봐야겠어. 무슨 일이 있었기에 이렇게 무거운 고통에 짓눌려 있는지 말이야. 그것을 알만한 이가 있다."

백호영감이 고삐를 단단히 잡았다. 비호는 어두운 하늘 속으로 빠르게 사라졌다. 백호영감이 떠나고 꼭두들은 한참이나 윤이 몸을 더 주물렀다. 하지만 아무 소용이 없었다. 꼭두들마저 이 상황이 무서웠다.

잠시 뒤, 어두운 하늘에서 다시 비호의 울음소리가 들렸다.

"영감이 왔나 보다!"

방상시가 자기 위치를 알려주려고 눈에 불을 밝혀 하늘을 비췄다. 비호가 그 불빛을 보고 잽싸게 내려왔다. 비호 등에는 백호영감과 인황차사가 함께 타고 있었다.

"어찌된 일이야?"

인황차사가 비호 등에서 내리더니 다급하게 물었다. 방글동자가 쩔쩔매며 말했다.

"저희는 그저 우리가 할 일을 하려고……. 그러니까, 저승길을 우리와 함께 가자는 말밖에……."

방글동자가 말을 더듬거리자 거꿀잽이가 나섰다.

"방글동자야, 떨긴 왜 떨어? 우리가 죄지은 것도 없는데. 제가 말씀드리지요. 우린 그저 갈 길이 머니 어서 가자고 한 것뿐인데, 갑자기 망자가 까무러치듯이 몸을 부르르 떨며 악을 쓰고 고함을 지르지 뭡니까. 아휴, 하늘도 놀랐는지 벼락이 뚝 떨어졌는데, 그만 망자가 맞아버렸답니다."

인황차사는 윤이 몸을 천천히 살펴보더니 크게 한숨을 쉬었다.

"후우! 큰일이군. 움직이지 않으니 짐작할 수 없고, 말하지 않으니 헤아릴 수 없구나. 백호영감, 망자의 살았을 적 상황을 아는 대로 말해 보오."

백호영감이 난감해했다.

"글쎄, 그것이 저도 난감합니다. 이 망자는 저승세계로 넘어올 때 그저 명부에 이름자밖에 적힌 게 없었습니다."

"그래?"

"저도 이 망자의 사연이 미치도록 궁금합니다. 뭘 알아야 저승길을 제대로 안내할 텐데 말이에요. 인황차사께서는 사람의 생을 두루 살펴본 후 잘잘못을 따지시지 않습니까? 그러니 부탁드립니다. 이 망자의 살았을 적 모습을 좀 들여다봐 주십시오."

인황차사가 턱수염을 쓰다듬으며 생각했다.

"흐음. 그렇다면 내가 삼시를 불러내는 수밖에. 꼭두야, 망자 곁에서 모두 멀찍이 물러나라."

인황차사는 꼭두들을 모두 물러나게 하고 윤이 몸을 살피기 시작했다.

"쯧쯧. 어쩌다가……."

인황차사가 눈살을 찌푸렸다.

"알아내신 게 있습니까?"

방글동자가 물었다. 인황차사는 대답을 안 하고 윤이 몸에서 유독 멍들고 상처 난 자국을 더욱 주의 깊게 살폈다. 꼭두들은 하릴없이 인황차사가 하는 것을 보고만 있었다.

인황차사는 눈을 감고 기도하듯 두 손을 맞대더니 부드럽게 비볐다. 살며시, 천천히 손을 비비자 양손이 불에 달궈진 듯이 붉어졌다. 손바닥부터 시작하여 이내 손 전체가 붉어졌다. 인황차사는 붉어진 손을 자신의 가슴에 대며 작게 웅얼거렸다.

"삼시야, 삼시야. 너의 일은 여기까지다. 이제 나와서 망자의 이야기를 전해다오."

인황차사는 다시 한 손으로 윤이 이마에 원을 그리듯이 만지면서 주문을 외었다.

"상시야, 상시야, 상시야. 네가 머리로 알고 생각한 것들을 이제 말해다오."

이어서 인황차사는 윤이 명치*에 손을 올려놓고 주문을 외었다.

"중시야, 중시야, 중시야. 네가 마음으로 품은 것들을 이제 말해다오."

인황차사는 마지막으로 윤이 발목에 손을 얹더니 주문을 외

명치: 사람의 복장뼈 아래 한가운데에 오목하게 들어간 곳.

었다.

“하시야, 하시야, 하시야. 네가 감각으로 느낀 것들을 이제 말해다오.”

인황차사는 눈을 감고 다시 손을 모아 빌었다. 그러자 윤이의 이마와 명치와 발목이 붉게 변하더니 동시에 빛을 뿜어냈다.

“어럽쇼! 저건 뭐야? 지금 어린애한테 무슨 짓을 하는 거야.”

거꿀잽이가 윤이 몸에서 나오는 빛을 보더니 화들짝 놀라서 말했다. 거꿀잽이는 혹시나 인황차사가 윤이를 해치려는 게 아닌가 싶어 앞으로 나섰다. 그러자 백호영감이 거꿀잽이를 막아섰다.

“그대로 두어라. 저건 망자의 몸에서 삼시를 불러내는 것이다.”

“삼시? 그것이 무엇이기에 어린아이 몸에서 나온단 말이오?”

“삼시는 사람이 태어나 생을 마칠 때까지 몸속에서 함께하며 그 사람의 행적을 모두 기억한다. 인황차사는 삼시에게 일생의 행적을 전해 듣고 사람의 잘잘못을 가리시느니라.”

“그렇다면 저 괴상망측한 빛이 윤이가 어떻게 살아왔는지를 알고 있단 말이오?”

“그래. 그러니 잠자코 기다려 보거라.”

백호영감의 말에 거꿀잽이는 비로소 흥분을 가라앉혔다. 다른 꼭두들도 걱정 가득한 얼굴로 인황차사가 하는 것을 지켜보았다.

인황차사는 계속해서 손을 비비며 기도했다. 긁힌 상처로 얼룩진 이마에서, 시퍼렇게 멍든 명치에서, 데인 상처가 남아 있는 발목 위의 불거진 핏줄에서 빛줄기들이 빠져나오더니 공중으로 떠올랐다. 윤이 몸에서 상시 중시 하시가 빠져나오는 것이었다. 이것들은 무지갯빛을 솔솔 뿌리며 하나로 합쳐져 한 몸이 되었다. 그것은 용의 머리에 개의 몸집을 하고 있었다.

"아이구나. 신기하다, 신기해. 세 갈래 빛이 저런 모습으로 바뀌다니!"

거꿀잽이는 놀라서 입을 다물지 못했다. 놀라기는 다른 꼭두들도 마찬가지였다. 방상시는 네 눈이 모두 퉁방울처럼 커져 버렸고, 방글동자는 눈을 너무 크게 치켜떠 이마에 주름이 가득 잡혔다. 침착한 연화부인도 놀라서 연꽃을 떨어뜨릴 정도였다.

"헉! 헉! 헉! 헉!"

한 몸이 된 삼시가 땅에 네 발을 디뎠다. 삼시가 지친 듯 혓바닥을 길게 빼내고 가쁘게 숨을 내쉬자 인황차사가 깜짝 놀라 물었다.

"어찌 된 일이냐? 빠져나오는 데 왜 이렇게 시간이 오래 걸려?"

인황차사가 물어도 삼시는 숨을 헐떡이며 아무 말도 못 했다. 백호영감과 꼭두들도 삼시를 안쓰럽게 쳐다보았다. 겨우 숨을 돌리더니 삼시가 말했다.

"불입니다. 온통 불입니다!"

"대체 저 아이에게 무슨 일이 있었기에 너희가 그렇게 고통스러워하는 것이냐?"

인황차사의 물음에 삼시가 대답했다.

"주인님, 망자는 지금 고통과 슬픔의 늪에 빠져 있습니다. 깊고 넓은 늪에는 원한의 불덩이가 가득 들어차 있습니다."

그러자 방글동자가 어처구니없다는 듯 말했다.

"이렇게 고운 아이에게 원한의 불덩이가 가득하다니요?"

"방글동자 말이 맞소. 어찌 그리 심한 말씀을 하십니까? 게다가 윤이 몸은 지금 얼음장처럼 차갑소. 불과 얼음이 어찌 한 몸에 같이 있을 수 있단 말입니까?"

연화부인도 삼시에게 언짢은 모양이었다. 그러자 삼시는 다시 목소리를 내었다.

"하마터면 저희도 불길에 휩싸일 뻔했습니다. 망자는 지금 이글이글 타오르는 불덩이를 안고 있습니다."

꼭두들은 삼시의 몸을 살펴보았다. 정말로 몸 여기저기가 불에 그슬려 있었다.

"인황차사님, 그렇다면 저 아이가 몸속에 불덩이를 안게 된 까닭이 무엇인지 알아봐 주십시오."

백호영감은 윤이가 그간 어떻게 살았는지가 궁금해서 서둘러 물었다. 인황차사가 자세를 가다듬더니 삼시에게 명령했다.

"삼시야, 너희는 망자와 일생을 함께 살았다. 어서 망자의 지난 기억을 되살려 보아라."

그러자 삼시는 바닥에 무릎을 굽히더니 땅바닥에 엎드렸다. 한동안 그 자리에서 숨을 고르고 있었다.

4. 기억, 아프거나 무섭거나

지칠 대로 지친 삼시는 한참을 그대로 있었다. 그러더니 서서히 눈빛이 또렷해져 바르게 앉았다.

“준비가 된 듯싶다. 짧은 삶을 산 아이에게 어떤 일이 있었는지 살펴보자.”

인황차사가 꼭두들에게 준비를 알렸다. 연화부인과 방글동자는 윤이의 팔다리를 주무르며 삼시를 바라보았다. 백호영감과 거꿀잽이, 방상시도 윤이를 둘러싸고 서 있었다.

“삼시야, 망자의 살았을 적 기억을 보여 다오!”

인황차사의 명령에 삼시는 뒷발을 굽혀 앉았다.

"스으읍, 차아!"

삼시는 하늘을 향해 고개를 치켜들더니 몸속에서 기를 끌어올려 기합을 질렀다. 그러자 커다란 눈에서 밝은 빛이 뿜어져 나와 사방으로 흩어졌다. 빛줄기들은 재빨리 움직이며 제자리를 찾아갔다. 드디어 검은 하늘에 형상들이 나타나기 시작했다.

"와! 저건 또 뭐야? 춤을 추던 빛이 사람 모습이 되었네. 가만, 저게 누군가? 윤이잖아?"

거꿀잽이가 하늘을 신기하다는 듯 바라보았다. 하늘에 윤이 모습이 시시각각으로 나타나고 있었다.

"어? 어째서 윤이가 저러고 있지? 저건 또 누구야? 윤이 엄마인가?"

"잠자코 좀 봐라. 시끄러워서 당최 볼 수가 없잖아."

거꿀잽이가 자꾸만 흥분해서 소리를 내자 방상시가 한마디 했다.

"아이고, 미안하게 됐네. 나도 모르게 흥분했어."

거꿀잽이도 입을 막았다. 모두 삼시가 쏘아올린 빛의 영상을 바라보았다.

윤이가 무릎을 꿇고 울면서 누군가에게 빌고 있었다.

"잘못했어요. 엉엉!"

눈물을 흘리며 울고 있는 윤이 목소리가 들렸다. 윤이는 희미하게 보이는 누군가를 향해 손을 비비며 빌고 있었다.

"왜 자꾸 말을 안 들어? 너 때문에 내가 죽겠어!"

윤이를 야단치는 여자의 손에는 작대기가 들려 있었다.

'찰싹!'

여자가 작대기로 윤이 손등을 때렸다.

"아야! 어어엉! 잘못했어요."

손등에 빨간 자국이 생겼다. 윤이는 많이 아픈지 손등을 감싸며 계속 울었다.

"너 때문에 되는 일이 없어. 뭘 잘했다고 울어!"

여자가 계속해서 작대기로 윤이의 손이며 머리를 때렸다. 윤이의 고통이 꼭두들에게 고스란히 전해졌다.

"하아, 어떻게 저럴 수가! 아무리 잘못했다손 치더라도 어린아이를……."

백호영감이 길게 탄식하며 한숨을 내쉬었다. 자신의 몸에도 통증이 느껴졌다.

'호오! 호오!'

연화부인은 윤이의 싸늘한 손에 입김을 불더니 보드라운 손길로 어루만졌다. 방글동자도 딱딱하게 굳은 윤이 손을 꼭 잡았다.

그 사이, 빛의 영상이 다른 장면으로 바뀌었다.

"아, 배고프다."

텅 빈 방에 윤이가 혼자 쪼그리고 앉아 손끝으로 방바닥을 긁었다.

"배, 고, 프, 다. 배, 고, 프……."

윤이는 천천히 한 글자씩 소리 내어 읽었다. 방바닥을 긁어도, 배고프다 소리를 내어도 윤이에게 밥을 줄 사람은 보이지 않았다. 윤이는 가만히 일어나 부엌으로 걸어갔다. 윤이는 냉장고 앞에 멈춰 서더니 떨리는 눈으로 뒤를 돌아보았다. 아무도 없는 것을 확인한 윤이가 손을 뻗어 냉장고 손잡이를 힘겹게 잡아당겼다.

"이건 안 되고, 이것도, 이것도……. 이거라도."

윤이는 냉장고를 뒤져 유통기한이 지난 우유를 찾아냈다. 그래도 곰팡이 핀 빵이나 썩은 소시지보다는 한결 나았다.

윤이가 잘 열리지 않는 우유팩을 열려고 할 때, 문이 열리는 소리가 들렸다.

어두운 기운의 사내가 시금한 냄새를 풀풀 풍기며 집 안으로 들어왔다. 눈빛은 흐릿하게 풀어지고 걸음걸이 역시 비틀거렸다. 사내는 윤이를 보자마자 꼬부라진 소리를 버럭 질렀다.

"냉장고는 왜 열었어? 밥 먹었잖아!"

윤이는 깜짝 놀라 '딸꾹' 하고 딸꾹질을 했다.

"딸꾹! 배가 고파서. 딸꾹! 딸꾹!"

"뚱뚱해지면 안 된다고 했지? 많이 먹으면 안 돼!"

목소리가 섬뜩했다. 사내는 윤이 손에 들린 우유팩을 빼앗았다.

"저리 가서 손들고 서 있어!"

사내가 윤이를 방구석 쪽으로 확 밀쳤다. 윤이 몸이 벽에 세게 부딪쳤다.

"움직이지 말고 그대로 있어!"

"잘못했어요. 어어엉."

윤이는 부딪혀 아픈 몸도 힘들었지만, 사내의 몸에서 풍겨오는 시금한 술 냄새가 더 지긋지긋했다. 사내는 성이 덜 풀렸는지 방바닥에 깔려 있던 이불을 집어 윤이를 향해 던졌다. 이불이 윤이 몸을 완전히 덮어 버려 앞이 캄캄해졌다. 윤이는 무서웠지만 이불을 걷어내지 못했다. 그랬다가는 이불 보다 더한 것이 날아올지도 모르기 때문이었다.

"아니, 저 자를 그냥!"

방상시가 당장이라도 달려갈 것처럼 창을 꽉 쥐었다.

"저렇게 깡마른 아이한테, 뚱뚱해지면 안 된다고? 따듯한 밥을 차려 줘도 모자랄 판에……."

거꿀잽이가 답답한 듯 양 발을 부딪으며 한탄했다. 연화부인은 윤이의 옷소매를 들추어 팔을 들여다보았다. 상처들이 아물지 않은 채 남아 있었다. 연화부인의 눈에서 눈물이 떨어졌다. 방글동자는 쑥 들어간 윤이 배를 쓰다듬어 주었다. 백호영감은 주먹 쥔 손을 부들부들 떨었다.

"아직 끝나지 않은 듯하오. 삼시가 또 무언가를 찾았나 보오."

인황차사가 삼시의 상태를 살피며 말했다. 삼시는 또 다른 장면을 어둔 하늘에 쏘아주었다. 이번에는 윤이의 웃음소리가 들렸다. 꼭두들은 이번에는 좋은 기억이 보이기를 기대했다.

"사과 같은 내 얼굴, 예쁘기도 하지요."

윤이가 방에 혼자 앉아 노래를 부르고 있었다. 얼굴은 핼쑥했지만, 그래도 웃고 있었다. 그런데 갑자기 날카로운 소리가 들렸다.

"시끄러워! 집중 안 돼!"

컴퓨터 앞에 앉아 게임을 하던 엄마가 소리를 질렀다. 그러면서도 엄마의 양손은 잠시도 쉬지 않고 움직였다.

"넌 웃지 마! 웃으면 네 엄마 닮아서 미워!"

어디에선가 아빠가 나타나 말했다.

"뭐라 그랬어? 왜 가만있는 사람을 건드려!"

아빠 말을 들은 엄마가 자리에서 벌떡 일어나더니 소리쳤다.

"밤낮 저러고 있으니 집구석이 뭐가 돼?"

아빠는 윤이의 다리를 툭 걷어차면서 화풀이를 했다.

"아야! 어어엉 싸우지 마. 어엉!"

윤이는 맞아서 아픈 것보다 싸우는 소리가 무서워 울음을 터트렸다.

"시끄러워. 울지 마!"

웃으면 웃는다고 울면 운다고 아빠는 아이를 걷어찼다. 그러더니 휙 집을 나가 버렸다. 엄마가 아빠 뒤에 대고 소리를 질렀다.

"내가 누구 때문에 이러는데!"

"어어엉. 엄마. 내가 잘못했어."

"그래. 너 때문이야! 너 때문이라고!"

이번에는 엄마가 윤이에게 화풀이를 했다. 엄마는 윤이에게 오

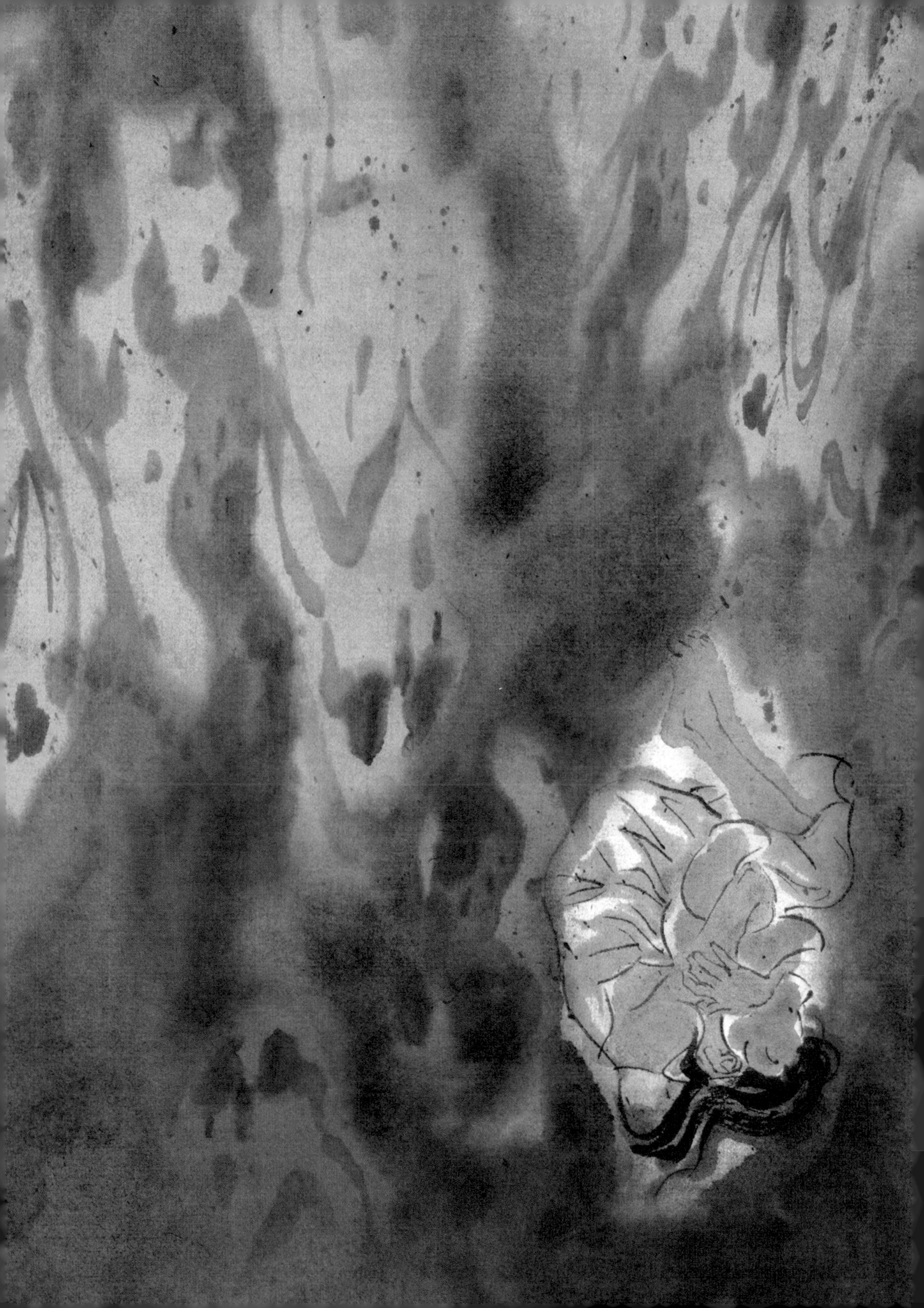

더니 양 어깨를 마구 흔들며 대답을 재촉했다.

"어서 말해 봐. 네가 뭘 잘못했는지."

윤이는 뭐라고 대답해야 할지 몰라 울고만 있었다.

"왜 대답을 안 해! 어?"

계속 우니 윤이 코에서 콧물이 줄줄 흘렀다.

"더러워 죽겠네. 이리 와."

엄마는 윤이를 다짜고짜 화장실로 끌고 가더니 얼룩진 얼굴에 차가운 물을 뿌렸다.

"추워! 어어엉!"

윤이가 발을 동동 굴렀다. 그러자 엄마가 더 화를 내며 차가운 물을 온몸에 덮어 씌웠다. 살갗에 닿는 물이 얼음바늘처럼 따가웠다.

"뚝 그치고 씻으라고!"

엄마는 윤이를 두고 화장실에서 나가더니 문을 잠가 버렸다. 윤이가 열어 달라며 아무리 두드려도 못 들은 척했다. 화장실 안은 깜깜했다.

윤이의 고통이 고스란히 전해져서, 꼭두들은 더 이상 보고 있기가 힘들었다.

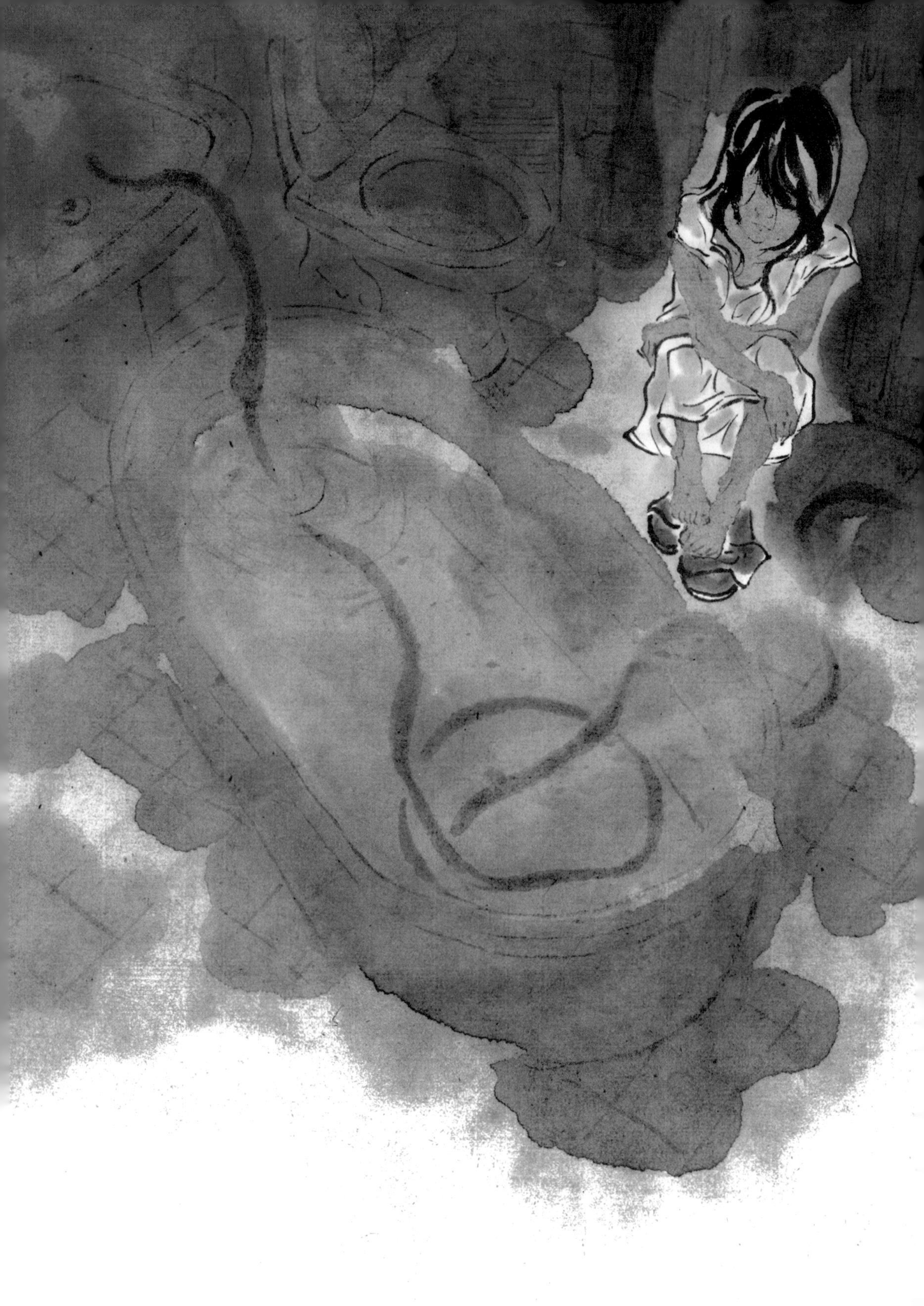

"저런!"

방상시와 거꿀잽이는 입을 다물지 못한 채 신음소리를 냈다.

"후우. 엄동설한에 어린것이 얼마나 추웠을까?"

연화부인이 온몸으로 윤이를 따뜻하게 감싸 안았다. 방글동자는 마치 자기가 당한 것처럼 몸을 덜덜 떨었다.

"엄마, 엄마……."

삼시가 보여주는 불빛 영상은 끝났지만, 허공에서 들려오는 윤이 목소리는 이어졌다.

"잘못했어요. 제발 열어 주세요."

윤이의 지친 목소리가 점점 작아졌다. 그래도 문이 열리는 소리는 들리지 않았다.

윤이의 목소리는 점점 가늘어지고 희미해지더니, 결국 사라졌다. 그리고 더는 하늘에 아무것도 보이지 않았다.

5. 매듭을 풀어야

꼭두들은 아무 말 없이 한동안 어두운 밤하늘을 바라보았다.

"어떻게 이런 일이! 사랑 받아야 할 사람에게 오히려 상처를 받다니……. 우리가 본 게 진정 사실이란 말입니까?"

백호영감이 고통스러운 표정으로 인황차사에게 물었다. 대답을 바란 물음이 아니어서 인황차사도 무거운 한숨만 내쉴 뿐이었다.

"영감, 이거 큰일이오. 이대로 있다간 길 안내를 못 하게 생겼소. 아이가 깨어나야 마중이든 배웅이든 하지요."

거꿀잽이가 심각한 표정으로 백호영감을 바라보았다. 백호영감도 딱히 해결 방법이 떠오르지 않는 듯했다.

"연화부인, 아이의 몸은 좀 풀렸소?"

연화부인과 방글동자가 윤이의 손을 잡은 채로 고개를 저었다.

"내가 갈 수만 있다면 아이를 이 지경으로 만든 자들을 찾아 혼을 내 줄 텐데……."

방상시가 창을 쥔 손을 부르르 떨었다.

"그러게. 갈 수만 있다면 나도 당장 똑같이 되갚아 주고 싶어."

거꿀잽이가 빙빙 재주를 넘으며 안달복달 야단을 쳤다.

"안 되겠다. 우리가 가자!"

백호영감이 꼭두들을 향해 단호하게 말했다.

"영감, 어디로 간다는 말입니까?"

방상시가 어리둥절한 얼굴을 하며 물었다.

"우리가 직접 나서야겠다. 저 아이 마음에 단단히 꼬인 매듭을 풀지 않으면 배웅할 수가 없어. 그러니 매듭을 풀어야지."

"매듭을 풀다니요. 그게 무슨 소리요?"

연화부인은 백호영감의 말뜻을 이해하지 못하겠다는 듯이 물었다.

"윤이를 이렇게 만든 자들을 만나 봅시다. 그들에게 윤이의 마지막 말을 전해 주자는 말이오."

"그렇지만, 영감. 우리가 그걸 어떻게 합니까?"

연화부인이 안 된다며 손을 저었다.

"방법이 있지."

방글동자가 깜짝 놀라 물었다.

"방법이 있다고요? 우리는 망자의 저승길을 안내해 주는 꼭두인데 어떻게 이승 세계로 간다는 말이에요?"

"인황차사께서 도와주시면 가능해."

백호영감이 인황차사를 바라보았다.

"어허, 왜 나를 보시오?"

인황차사가 영문을 모르겠다는 투로 딴청을 부렸다.

"인황차사께 대단한 능력이 있다는 소문을 익히 들었습니다."

"무슨 소문을 들었다는 것인지, 난 도통……."

"정말이지 꼭두대장 노릇 500년 만에 이런 일은 처음입니다. 앞으로 500년 동안은 인황차사께서 부탁하시는 일이라면 외면하지 않을 테니 좀 도와주세요."

인황차사는 못 들은 체하고 삼시를 불렀다.

"삼시야, 이제 우리가 할 일을 다 했으니 돌아가자."

그러자 백호영감이 인황차사의 귀에 바짝 대고 호통을 쳤다.

"인황차사는 저 어린것이 불쌍하지 않으십니까!"

"아이쿠 깜짝이야! 내가 나이는 많아도 귀는 멀쩡하네."

인황차사는 눈을 한 번 깜빡하고는 고개를 돌렸다. 백호영감의 말이 먹히지 않자, 거꿀잽이가 대뜸 나섰다.

"인황차사~. 인, 황, 차, 사, 니이임~."

거꿀잽이가 몸을 배배 꼬며 간드러진 목소리로 인황차사를 불렀다.

"어허 참! 재주나 넘는 꼭두가 어찌 욜랑욜랑 촐싹거릴까?"

거꿀잽이가 인황차사 곁에 찰싹 달라붙으며 말했다.

"차사님을 500년 전부터 존경해 왔습니다. 힘이 넘치게 생긴 얼굴에 훤칠한 키, 남을 배려하는 고운 마음씨까지……. 게다가 성격은 또 얼마나 좋으신지! 어려운 이의 부탁을 잘 들어주는 건 저승차사 중 당신이 단연 최고이지요!"

거꿀잽이가 추켜세우니 인황차사의 입꼬리가 살짝 올라갔다. 백호영감이 그때를 놓치지 않고 밀어붙였다.

"차사께서는 이승의 모든 인간들 삶을 들여다보고 있지 않습니까? 그러니 우리를 윤이 부모에게로 좀 보내주시오. 그자들의 생각 속으로 잠깐만 다녀오리다. 딱 한 번만 부탁합니다."

"그게 말처럼 쉬운 일이 아니라서……."

"그럼 되긴 된다는 말씀이군요. 쉬운 일이 아닌 줄 알기에 차사님께 부탁드리는 겁니다."

"상제*께서 아시면 큰일 날 일이라……."

"걱정하지 마십시오. 제가 상제를 뵙는다면 인황차사의 덕망을 높이 칭송하지요. 그러면 승낙하는 거로 알겠습니다. 꼭두들아, 이승으로 여행 떠날 준비를 해라!"

백호영감은 인황차사의 대답도 듣지 않고 떠날 채비를 했다. 인황차사는 말문이 막히는지 헛웃음을 지었다.

"어허, 참!"

백호영감의 명령에 꼭두들은 서둘러 채비를 했다. 연화부인이 걱정스럽게 물었다.

"영감, 그들을 만나 어쩌시게요?"

"알려주려 하오."

"무엇을 알려준다는 말씀입니까?"

"윤이가 쓰러지기 전에 자신이 얼마나 아팠는지, 정말 몰랐냐

상제: 옥황상제. 하늘을 다스리는 신으로 하늘에 있는 신령들 중에서 가장 높은 위치에 있는 신.

고 누군가에게 외쳤던 말을 기억하오? 그자들이 모른다면 우리가 알려주어야 하지 않겠소? 그래야 윤이 마음에 맺힌 매듭이 풀릴 거 아니오?"

백호영감의 말에 연화부인이 고개를 끄덕였다. 다른 꼭두들도 백호영감이 왜 떠나자고 하는지 이유를 알아차렸다.

"영감, 윤이 부모를 만나 벌을 주려는 것입니까?"

방글 동자가 궁금한 얼굴로 물었다. 백호영감이 고개를 저으며 말했다.

"그건 좋은 방법이 아니야. 우리 방식으로 뜻을 전해야지."

"우리 방식? 그게 뭐예요. 나라면 꼭두놀음이나 신나게 한 판 하면 좋겠는데."

거꿀잽이의 말에 백호영감의 목소리가 밝아졌다.

"네 생각이 내 생각이구나. 꼭두야, 우리 꼭두놀음 한 판 신나게 놀고 오자꾸나!"

"와후! 꼭두놀음이라. 이거 간만에 목청 좀 풀어야겠구먼."

거꿀잽이가 가장 좋아하며 날뛰었다. 방글동자와 연화부인도 마주 보며 눈짓으로 웃음을 주고받았다. 방상시는 우물쭈물하였다.

"난 꼭두놀음에는 자신이 없는데……."

"어허이, 방상시야. 내가 있는데 무엇이 걱정이냐? 내가 광대패 꼭두쇠였다는 사실을 잊었느냐? 내가 시키는 대로 하면 돼. 그러니 걱정하지 마라. 자, 어디 한번 따라 해 봐라."

거꿀잽이는 발바닥으로 방상시의 어깨를 다독이더니 구슬프게 소리 한 대목을 뽑았다.

"아이고, 이보시오! 내 말 좀 들어보소. 내 마음이 콕콕콕 바늘에 찔리듯이 아프오!"

방상시는 우물쭈물하며 거꿀잽이를 따라 했다.

"아아, 내 마음이 아프답니다!"

"아이구야, 너 지금 글공부하냐? 이래서 사람들이 알아듣기나 하겠어? 상주가 곡소리 하듯 좀 구슬프게 해 봐라."

거꿀잽이가 가슴을 치며 다그쳤다.

"구슬퍼? 구슬픈 거 말고 용감한 건 없어? 그런 거라면 해볼만할 텐데."

"떽! 하라면 할 것이지. 자 이렇게 가슴을 쥐어짜면서 소리를 내어 봐."

거꿀잽이가 다시 시범을 보였다. 이번에는 방상시가 창과 방패를 내려놓고 진지하게 따라했다.

"하이고! 내 마음이 찢어지게 아프오!"

"잘했어요. 좋아요!"

방글동자가 짝짝짝 손뼉을 치며 칭찬했다.

"방상시야 잘했어. 그렇게 하면 돼."

이번에는 거꿀잽이도 마음에 들어 칭찬했다.

"허허, 준비가 된 듯하구나. 가 볼까?"

백호영감이 꼭두들과 눈빛을 나누었다.

"네, 준비됐습니다. 영감."

꼭두들이 한목소리로 대답했다.

"하하, 신명 난다. 오래 살다 보니 이승 여행도 다 떠나 보는구나."

거꿀잽이가 팔딱팔딱 재주를 넘었다. 꼭두들은 모두 일어나 백호영감의 명을 기다렸다. 백호영감은 인황차사를 바라보며 눈을 찡긋했다.

"아휴! 어쩔 수 없군."

인황차사는 체념한 듯 일어서더니 당부했다.

"이것만은 명심해야 해. 망자의 억울한 사연만 풀어 주고 곧장

돌아와야 한다.”

“우리는 단지 단단히 꼬인 매듭을 우리 방식대로 풀고 돌아올 겁니다. 걱정 말고 어서 우리를 보내주십시오.”

백호영감과 꼭두들은 새로운 곳으로 길을 떠나기 위해 줄을

섰다.

인황차사는 어두운 하늘을 향해 주문을 외웠다.

"삼시야, 길을 열고 문을 열어 내 말을 들어라. 삼시야, 문을 열어 손님을 맞이해라!"

그러자 밤하늘에 문이 하나 나타났다. 이윽고 문이 활짝 열리자, 그 뒤로 끝없는 길이 보였다.

"저 길을 따라 가거라. 아이는 내가 보고 있을 테니, 얼른 다녀오너라."

"고맙습니다. 인황차사님. 이 은혜는 잊지 않겠습니다."

꼭두들은 문을 지나 길 위에 섰다. 길은 바닥인지 공중인지 분간할 수 없었고, 그저 온통 검은 공간에 하얀 길만 구불구불 이어져 있었다. 꼭두들은 길을 따라 미끄러지듯 나아갔다.

6. 꼭두놀음

“영감, 끝이 보입니다.”

맨 앞에 가던 방상시가 말했다.

“그래, 다 온 것 같구나.”

그때 바람이 불어오더니 점점 거세졌다. 몸이 휘청거렸지만, 꼭두들은 서로 붙잡아 주면서 길 끝에 있는 문을 향해 나아갔다.

“영감, 문을 열겠습니다.”

방상시가 문의 손잡이를 잡았다. 그러나 손잡이가 잘 돌아가지 않았다. 방상시의 손목에 힘줄이 불거져 나왔다. 몇 차례 더 힘을 주자, 삐걱 소리를 내며 손잡이가 움직이기 시작했다.

방상시가 마지막 힘을 주어 문을 열어젖혔다. 순간 강한 회오리바람이 불어와 꼭두들을 잡아끌었다. 꼭두들은 그대로 빨려 들어가 바닥에 나동그라졌다.

"아이쿠! 가만히 있을 수가 없네. 뭐 이런 데가 다 있대? 똑바로 선 사람도 힘든데, 나같이 거꾸로 서 있는 자는 어쩌라고!"

바닥이 꿀렁꿀렁 파도치듯 움직였다. 게다가 바람마저 강하게 불어와 똑바로 서 있기가 무척 어려웠다.

"여기가 어딜까요?"

방글동자가 겨우 중심을 잡으며 말했다.

"윤이 부모의 마음속일 거다."

백호영감이 비호를 타고 공중으로 올라가 주위를 둘러보았다.

"아이를 그리 보내고 마음이 편할 리가 있겠나. 그러니 이렇게 마음이 요동치는 거지."

"영감, 몸이 근질근질 합니다. 어서 꼭두놀음을 시작합시다."

거꿀잽이가 재촉했다.

"알았다. 우선 우리가 왔다는 걸 알리자."

꼭두들은 한 줄로 서서 노래를 불렀다. 노랫소리가 마치 연기처럼 천천히 흘러갔다.

어찌할꼬 어찌할꼬 가여워서 어찌할꼬
이 세상 나올 적에 뉘 덕으로 나왔는가.
아비 주신 뼈를 받고 어미 주신 살을 받아
귀염 동동 재롱 동동 금지옥엽 자랄 것을
어찌하여 불쌍한 몸 못다 먹고 못다 입고
긴긴 인생 못다 살고 황천길*이 웬 말이냐.
어찌할꼬 어찌할꼬 가여워서 어찌할꼬
억울한 이 내 마음 풀어놓고 떠나련다.

노래가 끝나자 꿀렁이던 바닥이 멈추었다. 꼭두들은 널찍한 곳에 자리를 잡고 신명 나는 꼭두놀음을 시작했다.

그날 밤, 윤이 부모는 신기한 꿈을 꾸었다. 꿈속에서 나무인형들이 나와 춤추고 노래하는 꼭두놀음을 보았다.

황천길: 죽어서 저승으로 가는 길.

<제1장>

밝고 따뜻한 방안. 엄마는 아기를 안고 행복한 눈빛으로 아기를 바라본다. 아빠도 엄마 옆에서 웃음 가득한 얼굴로 아기를 어른다. 그때 행복한 가족을 뒤로 하고 백호영감이 등장한다.

백호영감 (주변을 두리번거리며) 음, 이게 무슨 소린가? 여러분, 이 소리 들리시오? 어디서 아기가 방글방글 웃는 소리 들리지 않소? (소리가 들리는 곳으로 겅중겅중 걸어가 귀를 기울인다.)

거꿀잽이가 재주를 넘으며 등장한다.

거꿀잽이 (거꾸로 서서) 영감, 무얼 그리 찾으시오? 몰래 혼자 먹으려고 꿀단지라도 숨겨두었소?

백호영감 (깜짝 놀라며) 꿀단지는 무슨. 마침 잘 왔다. 거꿀잽이야, 너는 이 소리가 들리느냐?

거꿀잽이 소리? 무슨 소리 말이오?

백호영감 (양손을 주먹 쥐고 얼굴 앞에서 귀엽게 뱅글뱅글 돌리며) 방글방글 웃는 아기 웃음소리 말이다.

거꿀잽이 (여기저기 귀를 기울이며) 글쎄요……. 난 도통 모르겠소.

연화부인이 기분 좋게 웃으며 등장한다.

연화부인 날씨도 좋고 기분도 좋고, 좋은 일이 일어날 것 같네요. 백호영감, 거꿀잽이! 여기서 무얼 하오?

백호영감 오, 연화부인. 혹 무슨 소리 들리지 않소?

연화부인 (양손을 모아 귀에 가져가며) 소리? 아하! 영감도 들으셨군요. 들리다마다요. 세상에서 가장 듣기 좋은 소리, 언제 들어도 기분 좋은 소리가 지금 들리고 있지요.

거꿀잽이 (답답하다는 듯 콩콩 뛰며) 아, 대체 무슨 소리가 난단 말이오? 나에게도 좀 알려주오.

연화부인 (검지를 세워 입을 막으며) 쉿, 조용히 하게. 아기가 깨면 어쩌려고. 가만가만, 조심조심 아기를 구경해 봅시다. 호호호.

꼭두들은 가장자리로 물러나고, 뒤에 배경으로 있던 행복한 가족이 앞으로 나온다.

엄마 (아기를 꼭 안은 채 눈을 바라보며) 윤아, 엄마야. 엄마 보이니?

아빠 (아기를 어르며) 까꿍! 아빠 없다! 윤아, 아빠도 좀 봐주라. 아이구, 그렇지. 예쁘다, 예쁘다. 세상에서 가장 예쁜 아가야.

엄마는 아기를 토닥여 주고, 아빠는 말없이 그 모습을 흐뭇하게 지켜본다. 다시 꼭두들이 가운데로 나온다.

거꿀잽이 (아기를 어르는 투로) 아이구나, 예쁜 아기. 오루루 까꿍!

연화부인 아기가 잠들려나 봐요. 예쁜 아기 좋은 꿈 꾸게 자장가나 불러 줍시다.

백호영감 (무릎을 치며) 거 좋지! 자장가 한 자락 뽑아 볼까나.

꼭두들이 작은 소리로 부드럽게 자장가를 부른다.

자장자장 우리 아기 자장자장 우리 아기

꼬꼬닭아 울지 마라 우리 아기 잠을 깰라

멍멍개야 짖지 마라 우리 아기 잠을 깰라

금자동아 은자동아 우리 아기 잘도 잔다

금을 준들 너를 사며 은을 준들 너를 사랴

나라에는 충신동아 부모에는 효자동아

자장자장 우리 아기 자장자장 잘도 잔다

<제2장>

아기가 자라 다섯 살 생일이 되었다. 생일 케이크에 촛불이 켜져 있고, 아이 양 옆에서 부모가 기뻐하며 노래를 부른다.

부모 (매우 행복한 표정으로) 생일 축하합니다. 생일 축하합니다. 사랑하는 윤이의 생일 축하합니다. 와! 우리 딸, 다섯 번째 생일을 축하해!

엄마 (아이의 볼에 뽀뽀하며) 우리 윤이가 벌써 다섯 살이 되

었구나. 엄마는 네가 있어서 매일매일 행복하고 즐거워.

아빠 (아이의 반대쪽 볼에 뽀뽀하며) 웃어도 예쁘고, 울어도 예쁜 우리 딸 윤아. 우리 복덩이, 생일 축하해!

가족을 배경으로 방글동자와 방상시가 등장한다. 가족의 행복한 모습을 방글동자와 방상시가 바라본다.

방글동자 (부러운 표정으로) 와아! 오늘이 아이의 생일인가 봐요. 누가 내 생일도 좀 축하해 주면 좋겠는데…….

방상시 (호탕하게 웃으며) 하하, 방글동자야. 네 생일이 언제인지 말해 보려무나. 내가 수수떡에, 촛불은 넉넉하게 준비하마.

방글동자 (기뻐하며) 정말요? 아저씨가 내 생일을 축하해 주실 거예요?

방상시 까짓것, 우리 방글동자 소원이라면 못 들어줄 것도 없지. 근데 너 나이가 몇 살이냐?

방글동자 (손가락, 발가락을 반복해서 꼽으며) 음, 그러니까. 350까지 센 게 12년 전이니까. 360하고 2살을 더 먹었네요.

방상시 (깜짝 놀라 뒤로 자빠지며) 뭐? 조그만 것이 나이는 많이도 먹었구나.

방글동자 (신나게 뛰며) 아저씨, 얼른 생일 축하해 줘요. 저 아이처럼 나도 축하받고 싶다고요.

방상시 (난처한 표정으로) 저……. 방글동자야, 미안하다. 초가 모자라서 안 되겠다. 초를 그렇게나 많이 꽂으려면 생일 떡이 대청마루만큼 커야 되는데, 그런 떡은 내게 없어.

방글동자 (입을 삐죽 내밀며) 그럼 그렇지. 내 팔자에 생일은 무슨. (다시 가족을 바라보며) 하아! 정말 부럽다. 저 아이는 정말 행복하겠지?

방상시 (가족을 돌아보며) 나도 부럽구나. 저 윤이란 아이는 정말 행복할 거야.

<제3장>

부엌 식탁에서 가족이 둘러앉아 즐겁게 밥을 먹고 있다. 식탁에는 된장찌개, 불고기, 김치, 나물 등이 맛있게 차려져 있다.

아이 (밥을 크게 한 숟가락 먹으며) 아! 맛있어. 엄마가 해 준 불고기는 정말 맛있어. 아빠가 만든 된장찌개도 세상에서 제일 맛있고. 냠냠, 저 밥 한 그릇 더 주세요.

엄마 (아이에게 밥을 건네며) 윤아, 그렇게 맛있니? 무얼 해도 맛있게 먹어 주니 내가 음식 할 맛이 난다니까.

아빠 (밥을 먹으며) 이건 맛있게 먹어주는 게 아니라, 정말 맛있는 거야. 그렇지, 윤아?

아이 (활짝 웃으며) 이렇게 멋진 부모님을 만나게 해 주셔서 감사해요. 엄마, 아빠. 사랑해요.

부모 (함께 웃으며) 네가 있어서 행복한 거야. 예쁘게 자라 줘서 고맙다. 세상 누구보다도 사랑한다.

행복한 가족을 배경으로 꼭두들이 함께 등장한다.

거꿀잽이 (기쁨의 눈물을 흘리며) 와우! 눈물 나게 감동적이야. 이렇게 따뜻한 가족이 또 있을까?

방글동자 (윤이를 부럽게 바라보며) 윤이는 좋겠어요. 저렇게 행복한 가정에 태어나서 말이에요. 히잉. 나도 저런 집에서 살고 싶다.

백호영감 (비호를 타고 공중을 빙빙 돌며) 방글동자야, 네겐 우리가 있잖니? 자, 저 가족의 행복을 빌어주는 뜻에서 신명나게 한 판 놀아 볼까?

연화부인 (박수를 치며) 좋죠!

방상시 (네 눈에 불을 번쩍번쩍 밝히며) 저도 좋습죠!

주위가 환해지고 꼭두들이 흥겨운 풍물 소리에 맞춰 춤을 춘다. 방글동자가 손짓을 하자 가족도 앞으로 나와 어우러져 춤을 춘다. 덩기덩덕 풍물 소리가 울려 퍼지고, 꼬불꼬불한 태평소가 신명을 돋운다. 거꿀잽이는 빙글빙글 넘어가며 재주를 부린다. 방상시는 윤이를 무동 태우고 함께 덩실덩실 손동작을 맞춘다. 방글동자는 상모를 쓰고 고개를 뱅글뱅글 돌리며 흥을 돋운다. 연화부인은 윤이 부모를 불러 손을 맞잡고 빙글빙글 돈다. 백호영감은 비호를 타고 날면서 손으로 흥겨운 장단을 맞춘다.

그런데, 갑자기 집안이 무너지듯 우레 소리가 들리더니 풍물이 멎는다. 순식간에 주위는 어둠으로 뒤덮이고 아무 소리도 들리지 않았다. 잠시 뒤, 어둠 속에서 적막을 깨고 남자와 여자의 울음소리가 들린다.

으흐흐. 으흐흐!

어제까지 못했던 것, 지금까지 못 준 것들

내일부터 주려 해도 내일이 없구나.

흐흐흑, 흐흐흑!

잘못을 고친다고 약속해도

들을 수나 있을까, 믿어나 줄까?

미안하다, 미안하다. 이 말조차 미안하다.

으흐흐! 으으으흐흐!

아파하고 아파하고, 다시 또 아파해도

쌓이고 쌓인 네 아픔이 사라질까마는

아물 리 없는 그 상처로 때려서 나를 지워다오

흐흐흐흑 흐흐흑!

울음소리가 멀어지고 모든 것이 하얗게 지워졌다. 주변이 밝아지자 꼭두들이 열고 들어왔던 문이 다시 나타났다.

"영감, 우리가 잘한 게 맞겠죠?"

연화부인의 표정에 걱정이 가득했다. 백호영감 역시 걱정스러운 표정으로 대답했다.

"글쎄. 이 정도면 윤이 마음이 전달되었을 것 같소."

"아니, 바닥이 다시 요동칩니다!"

거꿀잽이가 중심을 잡으려고 애를 썼다. 바람이 사방에서 세차게 불어왔다. 하얗던 세상이 순식간에 흐려졌다. 방글동자는 얼른 연화부인의 손을 꼭 잡았다.

"더 이상 몸을 가누기가 어렵습니다."

어찌나 바람이 센지 비호도 몸을 지탱하기 어려웠다. 백호영감이 문을 가리켰다.

"서둘러 돌아가자. 우리가 왔던 곳으로 돌아가자!"

백호영감이 크게 외치자 문이 열리며 길이 나타났다. 길 위에 오르자, 꼭두들은 다시 스르르 미끄러져 왔던 길을 되돌아갔다.

7. 불을 가진 아이들

방글동자와 연화부인은 제자리로 돌아오자마자 윤이부터 살폈다.

“몸이 풀리고 있어요!”

방글동자가 윤이 팔을 주무르며 외쳤다. 꼭두들이 둘러서서 윤이 상태를 살펴보았다.

“꼭두놀음이 효과가 있었구먼. 역시 내 실력은 아직 죽지 않았어. 암, 그렇지. 꼭두놀음이라면 나를 당할 자가 없고말고.”

거꿀잽이가 우쭐해서 말했다. 그러자 다른 꼭두들도 기분 좋게 웃었다.

"그래. 수고했다. 거꿀잽이 덕에 윤이를 배웅할 수 있게 되었구나."

백호영감 역시 거꿀잽이를 추켜세웠다.

백호영감은 인황차사에게 고마움을 표시했다.

"인황차사님, 고맙습니다. 이 은혜는 잊지 않겠습니다."

"일이 잘 풀렸으니 다행이야. 허나 불을 품고 사는 아이들이 많아 걱정이야."

"불을 품고 사는 아이들이라니요?"

"윤이와 인연이 얽힌 자들의 생을 들여다보았다네. 그런데 하나같이 화가 넘쳐 마음속에서 불이 타고 있었다네. 마음의 불을 다스리지 못해 화를 일으키는 자가 한둘이 아니니, 걱정이야."

"우리가 윤이의 마음을 전해 주었다 해도, 원한이 쉽게 풀리지 않을 거라 짐작은 했습니다. 그런데 화를 품은 사람이 그렇게 많을지는 몰랐습니다."

"앞으로 알게 될지도 모르지. 인연이 얽힌 자들은 다시 만날 테니 말이야. 부디 저 망자의 저승길을 안전하게 배웅해 주길 바라네. 난 이만."

인황차사는 그 말을 남기고 떠나갔다. 이제 꼭두들은 남은 길을 또 가야 했다.

"윤아, 윤아."

연화부인이 윤이를 따뜻하게 불렀다.

"윤아, 일어나 보렴."

윤이가 슬며시 눈을 떴다. 윤이는 손가락과 발가락을 꼼지락거리더니, 서서히 몸을 움직였다.

"윤아, 정신이 드니? 많이 힘들었지?"

방글동자가 윤이 손을 꼭 잡아 주었다. 잡은 손이 점점 따뜻해졌다.

"아~암! 꿈을 꿨나? 개운하게 잘 잤다!"

윤이가 기지개를 켜며 몸을 쭉 뻗었다. 팔과 다리에 다시 힘이 생긴 것 같았다. 방글동자가 윤이 표정을 살피며 물었다.

"기분은 좀 좋아졌니?"

"기분? 내 기분이 어때서? 난 다 좋아."

윤이가 아무렇지도 않게 대답했다.

"정말 다행이야."

꼭두들은 윤이가 다시 깨어나서 걱정을 한시름 덜었다.

"자고 일어났더니, 배가 고프네. 영감님, 뭐 먹을 거 없어요?"

"걸신들렸나?* 또 배가 고파?"

윤이가 배를 두드리자 거꿀잽이가 핀잔을 주었다. 지금까지 늦어진 시간을 생각하면 당장이라도 떠나야 했지만, 백호영감은 윤이의 말을 들어주고 싶었다.

"기왕 늦은 거, 천천히 가자꾸나. 우리는 윤이를 도와주는 꼭두들 아니냐?"

백호영감은 비호를 타고 하늘로 날아올랐다. 하늘을 몇 바퀴 휘휘 도니 윤이 앞에 생일상이 떡하니 차려졌다.

"와! 예쁘다. 이거 내 거야?"

상 위에 촛불이 켜진 케이크가 놓여 있었다.

윤이 눈에서 눈물이 글썽였다. 불빛이 윤이 눈 속에서도 반짝거렸다.

"영감님, 고마워요."

윤이는 아기자기하게 생긴 케이크에서 눈을 떼지 못했다.

"영감이 어쩐 일로 이런 신통방통한 생각을 다 했소? 아주 깜찍한 생각을 했어. 칭찬하오!"

걸신들리다: 굶주리어 음식을 탐하는 마음이 몹시 나는 모양.

거꿀잽이가 방방 뛰며 기뻐했다.

“윤이가 좋아할 것 같아서. 어서 촛불을 불어 보려무나.”

백호영감도 내심 기쁜 기색을 감추지 못했다.

“그래, 윤아. 어서 촛불을 불어 봐.”

“소원도 함께 빌고.”

연화부인과 방글동자가 윤이에게 재촉했다.

“헤헤, 촛불……. 쑥스럽네.”

윤이가 촛불을 바라보며 입을 오므리더니 힘껏 불었다. 촛불이 흔들리며 하나씩 꺼졌다. 꼭두들은 박수를 치며 즐거워했다.

“아! 먹으려니, 너무 아까워.”

윤이가 케이크를 자르려다가 잠시 망설였다. 그러자 방글동자가 윤이를 거들었다.

“달콤하고 부드러워. 어서 먹어 봐.”

윤이는 손가락으로 부드러운 크림을 찍어 먹었다.

“음, 폭신한 구름 같아!”

방글동자가 윤이에게 케이크를 한 조각 잘라 주었다.

“음, 푸근한 이불 같아!”

윤이는 케이크를 한 입씩 먹으며 상상으로만 느끼던 포근하고,

따뜻하고, 달콤한 것들을 떠올렸다. 그러는 사이에 케이크는 빠르게 없어졌다.

"아, 벌써 다 먹었네. 영감님, 고맙습니다."

"아니다. 네가 즐거우면 됐다."

꼭두들은 윤이가 케이크를 먹는 모습이 흐뭇하기도 하고 안쓰럽기도 했다.

"참! 우리, 어디로 가야 한다고 하지 않았니?"

윤이가 갑자기 생각난 듯 방글동자에게 물었다.

"그래, 이제 윤이 네가 가야 할 길로 가야지."

"좋아. 이제 가도 돼!"

윤이가 기분 좋게 자리를 털고 일어났다. 백호영감이 비호의 고삐를 잡아당기며 꼭두들에게 힘차게 외쳤다.

"자, 떠나자. 방상시는 앞장서고, 방글동자는 윤이 손을 잡아 주어라. 준비되었느냐?"

"네, 영감!"

꼭두들이 줄을 맞춰 섰다. 백호영감이 힘껏 소리쳤다.

"배웅길, 배웅길, 배웅길이다! 꼭두야, 배웅길을 떠나자!"

이윽고 윤이와 꼭두들은 길을 떠났다. 어두운 길이지만 함께 가니 무섭지 않았다. 서로 보듬으며 가는 길이라서 춥지도 않았다.

"우와! 정말 멀긴 멀다. 너희가 없었으면 주저앉고 말았을 거야."

한참을 가다가 윤이가 말했다.

길이 끝이 없어 윤이는 점점 지쳐갔다. 그래도 방글동자의 손을 놓치지 않았다. 방글동자도 윤이 손을 따뜻하게 잡아 주었다. 길은 지루하게 이어졌다.

그런데 맨 앞에 가던 방상시가 갑자기 걸음을 멈추었다.

"잠깐! 저 앞에 무언가가 있어."

방상시가 네 개의 눈에서 빛을 뿜으며 먼 데를 가리켰다. 멀리 하늘이 희미하게 붉어져 있었다.

"영감, 수상해요. 저 앞에 무언가 뜨거운 열기가 느껴집니다."

"음, 동이 틀 시간은 아니고……. 산불이 났나?"

백호영감은 잠시 멈추어 생각에 잠겼다. 그러더니 단호하게 말했다.

"어쩔 수 없다. 어차피 가야 할 길이니, 저것이 뜨겁든 차갑든 넘어가야 한다."

꾹두들은 순순히 백호영감의 말에 따랐다. 그런데 가면 갈수록

하늘이 더 붉어졌다.

"아이고야, 대체 이게 뭐야? 엄동설한에 왜 이렇게 땀이 나냐?"

거꿀잽이가 땀을 흘리며 힘들어했다. 다른 꼭두들도 마찬가지였다.

"점점 더워지고 있어요. 저 붉은빛이 불인 게 분명해요."

"불길의 정체가 느껴집니다. 저 언덕만 넘으면 보일 것입니다."

방상시가 앞길을 내다보는 듯 말했다.

"따뜻해! 히히. 좋아. 따뜻해!"

꼭두들과는 달리 윤이는 따뜻하다며 좋아했다.

"넌 안 덥니? 손에도 땀이 나는 것 같은데?"

"나는 따뜻해서 좋아."

윤이는 좋다며 웃었다. 방글동자와 맞잡은 손에서도 땀이 흘렀다.

꼭두들은 언덕을 향해 올라갔다. 붉어진 하늘과 능선*이 선명하게 구분되었다. 꼭두들이 꼭대기까지 올랐을 때에는 이미 온몸이 땀으로 흠뻑 젖었다. 그곳에서 꼭두들은 하늘을 붉게 물들인

능선: 등성이를 따라 죽 이어진 선.

불빛의 정체를 보았다.

"오! 큰일이다. 인황차사가 말한 것이 저거였구나. 윤이와 인연이 얽힌 아이들, 마음속의 화가 넘쳐 불이 붙은 아이들, 저들이 모여 불이 산처럼 커졌구나."

언덕 너머에는 널찍한 들판이 있었는데, 그곳에 아이들이 모여 있었다. 그런데 아이들은 저마다 불을 하나씩 지니고 있었다. 모두 다 자기 몸집보다 큰 불을 안고 있었다.

어떤 아이는 아프다며 소리를 지르고 있었고, 어떤 아이는 분을 삭이지 못해 울고 있었고, 어떤 아이들은 서로 헐뜯고 싸우며 무엇을 때려 부수고 있었다.

"쯧쯧쯧. 저 아이들은 도대체 무엇 때문에 저리 화가 나 있지? 화를 낼수록 불길만 더 커질 것을."

방상시는 화가 난다고 바위를 내리치고 땅바닥을 발로 치며 화풀이하는 아이를 보았다. 아이의 불이 점점 커져가고 있었다.

"저 아이는 큰 고통을 안고 있나 봐. 얼굴이 일그러져 있어."

연화부인은 또 다른 아이를 보며 말했다. 아이의 몸에서 일어나는 불도 점점 뜨거워지고 있었다.

"어허! 왜 저리 싸우는 거야? 쯧쯧."

거꿀잽이는 서로 헐뜯고 싸우는 아이를 보고 눈살이 찌푸렸다. 두 아이 사이에서 불길이 하늘로 치솟고 있었다.

아이들이 미워하고, 화내고, 아파할수록 불길은 점점 더 커졌다. 그들이 내뿜는 불은 이미 산처럼 높아졌다. 그만큼 열기가 뜨거워져서 도저히 앞으로 갈 수가 없었다.

"으음. 불이 길을 막으니 큰일이군. 돌아갈 수도 없고."

백호영감이 걱정이 가득한 얼굴로 중얼거렸다.

방상시가 사방을 살펴보았지만, 다른 길은 보이지도 않았다.

"영감, 어찌해야 할까요? 다른 길은 없는 것 같은데요."

방상시는 앞길이 걱정되어 백호영감을 바라보았다.

백호영감은 비호를 타고 언덕 꼭대기를 뱅글뱅글 돌며 고민에 빠졌다.

"영감, 시간이 많이 늦었습니다. 어떻게든 명령을 내려 주십시오."

그러나 백호영감에게도 뾰족한 방법이 없는 듯했다. 그 사이 불길은 더욱 거세어지고 있었다.

8. 미안해, 괜찮아

윤이가 갑자기 언덕 아래로 뛰어 내려갔다. 너무 갑작스러워 방글동자는 잡고 있던 손을 놓치고 말았다.

"기다려, 괜찮아!"

윤이가 불을 가진 아이들에게 소리쳤다.

"윤아! 안 돼!"

방글동자가 소리쳐도 윤이는 돌아보지 않았다.

"위험해! 돌아와!"

백호영감도 소리쳤지만, 윤이는 멈추지 않았다. 못 들은 것인지, 듣고도 못 들은 체하는 것인지 알 수 없었다.

"영감, 제가 가겠습니다."

방상시가 윤이를 뒤따라갔다. 하지만 나무뿌리에 걸리는 바람에 넘어져 윤이를 따라잡지 못했다. 다른 꼭두들도 뒤따라 언덕을 내려갔지만 마음만 앞설 뿐이었다.

어느새 윤이는 이미 언덕을 다 내려가서 불길을 향해 아무렇지도 않게 걸어갔다. 그러나 꼭두들은 한 걸음도 더 나아가기가 힘들었다.

"영감, 이러다가 우리가 불에 타 버리겠습니다."

"그러게 말이야. 돌이나 쇠로 우리를 만들었으면 좋았을 걸. 나무라서 불 가까이 갈 수가 없으니 이를 어째?"

방상시는 언덕을 거의 다 내려왔지만, 불길 때문에 앞으로 나아가지 못했다. 방상시는 방패로 뜨거운 열기를 막고, 꼭두들은 그 뒤에 서서 불기운을 피했다.

"윤아, 돌아와!"

연화부인이 걱정스레 소리쳤다. 방글동자도 발을 동동 구르며 윤이를 불렀다. 그렇지만 윤이는 돌아보지 않고 불을 가진 아이들에게로 점점 다가갔다.

"아니, 아무리 망자라지만, 쟤는 뜨겁지도 않나? 어떻게 불구덩이 속으로 들어간단 말이야?"

거꿀잽이가 윤이 행동을 이상하게 여기며 중얼거렸다. 윤이는 이제 불을 가진 아이들에게 거의 다다랐다. 방글동자가 갑자기 소리쳤다.

"잠깐만요! 윤이가 무얼 하려나 봐요."

윤이는 무엇 때문인지 잔뜩 화가 나서 소리 지르며 발로 바위를 걷어차고 있는 아이에게 다가갔다. 아이 발은 피로 물들어 있고, 머리 위에서는 불길이 뾰족하게 치솟고 있었다.

"쟤가 무얼 하려는 거지?"

꼭두들은 발을 동동 구르면서도 그저 구경만 할 뿐이었다.

"호오! 호오오!"

윤이가 아이의 가슴에 입김을 불어 주더니, 이윽고 손을 꼭 잡아 주었다.

"이제 그만해도 돼."

"자꾸 화가 나! 나 때문에."

"너 때문이 아니야."

그러자 아이가 떨리는 눈빛으로 윤이를 바라보았다.

"정말? 나 때문이 아니야?"

"응. 괜찮아."

윤이가 아이를 안아 주었다.

윤이가 토닥이자 아이의 머리 위로 솟아오르던 불길이 점점 사그라들었다. 치솟던 불길은 작은 불꽃이 되어 아이의 손바닥 위에 내려앉았다.

"오! 불이 작아졌어요."

"아니, 지금 무슨 일이 일어난 거지?"

깜짝 놀라서 방글동자와 거꿀잽이의 입이 벌어졌다.

"윤이가 묶여 있던 자신의 매듭을 스스로 푸는구나. 가야 할 길을 제 힘으로 닦고 있어."

백호영감이 윤이 행동을 자세히 지켜보며 말했다. 백호영감은 그런 윤이가 안쓰러웠다.

"쯧쯧, 그러게요. 어린것이 자기도 힘들 텐데, 남의 아픔을 보듬고 있네요."

연화부인이 윤이를 측은하게 바라보았다. 윤이가 대견하기도 했지만 한편으로는 마음이 짠했다.

"영감, 우리가 도와주지 않아도 될까요?"

힘겹게 방패를 들고 서 있던 방상시가 물었다.

"아니다. 그냥 지켜보자. 윤이는 지금 스스로를 돕는 거다. 윤이가 맺힌 응어리를 스스로 풀 거라고, 우리 모두 믿어 주자."

그러면서 백호영감은 그렇게 되도록 간절히 기도를 했다.

윤이는 다시 몸을 돌려 다른 곳으로 갔다. 그곳에는 두 아이가 서로 으르렁대며 싸우고 있었다.

"너 때문이야!"

아이들은 서로 너 때문이라며 손가락질하며 고래고래 소리쳤다. 두 아이의 머리 위에서 불기둥이 매섭게 치솟고 있었다.

윤이가 한 아이의 손을 잡자, 아이는 더 이상 손가락질을 하지 못했다. 윤이는 다른 아이의 손을 가져와 함께 잡았다. 세 사람의 손이 포개어지자 윤이는 두 아이를 번갈아가며 바라보았다. 으르렁거리던 아이들이 차분해졌다.

"미안해, 고마워!"

윤이가 두 아이에게 가만히 말했다. 그러자 두 아이가 끌어안더니 서로 등을 토닥여 주었다.

"미안해!"

"아니야, 내가 미안해."

두 아이가 서로 미안하다고 사과했다. 윤이는 두 아이의 어깨를 토닥이며 말했다.

"다 괜찮아!"

이번에도 머리 위로 치솟던 불기둥이 작은 불꽃이 되더니, 두 아이의 손바닥 위에 내려앉아 하늘하늘 춤추었다.

한쪽에서 파란 불꽃이 피어오르는 것이 눈에 들어왔다. 자세히 보니 한 아이가 그곳에서 오들오들 떨고 있었다. 아이는 자기 몸을 이곳저곳 꼬집으며 불안해하고 있었다. 아이의 팔과 다리에는 온통 멍이 들어 있었다. 윤이가 아이에게 다가가 멍자국을 쓰다듬으며 말했다.

"많이 아팠지?"

아이는 몹시 불안한지 손톱을 물어뜯었다.

"난 더 아파야 해. 내가 얼마나 아픈지 사람들이 알아야 해."

아이의 눈에 눈물이 맺혔다. 윤이는 아이를 꼭 안아 주었다.

"내가 알아줄게. 이젠 괜찮아."

아이는 윤이에게 몸을 맡긴 채 가만히 있었다. 잔뜩 힘이 들어갔던 몸이 스르르 풀어졌다.

"괜찮을 거야!"

윤이가 아이의 등을 쓰다듬으며 다시 말했다. 그러자 파란 불꽃이 잦아들면서 아이의 손바닥 위에 내려앉았다.

윤이는 여기저기를 다니며 불을 가진 아이들을 안아 주고 토닥여주었다. 윤이가 '괜찮아, 고마워, 사랑해'라고 말할 때마다 아이들이 가진 불길은 잦아들고 있었다.

그런데 그때, 방글동자가 윤이의 모습을 지켜보다가 문득 멀리 절벽 아래로 눈길을 돌렸다. 그 절벽 아래에 누군가가 숨어서 웅크리고 있는 것 같았다. 방글동자는 궁금해서 불길을 피해 그곳으로 가 보았다.

"여보세요."

방글동자가 부르자 두 사람은 몸을 더욱 웅크리며 머리를 숙였다. 방글동자가 두 사람에게 좀 더 가까이 가려 하자 언제 왔는지 백호영감이 뒤에서 말했다.

"그냥 두어라!"

방글동자는 깜짝 놀라며 백호영감에게 말했다.

"영감, 언제 왔어요? 영감은 저 사람들은 알아요?"

백호영감이 아무 대꾸도 하지 않고 방글동자 앞으로 나섰다. 그러자 비호가 무섭게 으르렁거리며 포효했다. 그 소리에 깜짝 놀라 그들이 돌아보았다.

"아니, 저 자들은……."

방글동자가 보니, 그들은 윤이의 부모를 닮아 있었다. 그들은 고통스러운 표정으로 오들오들 떨고 있었다.

마음씨 착한 방글동자는 그들이 안쓰러워 다가가려고 했다. 하지만 백호영감이 막아서며 말했다.

"방글동자야, 넌 늘 웃으며 망자들을 따뜻하게 감싸 주지. 무서운 저승길을 헤매는 망자에게 넌 꼭 필요한 꼭두니라. 하지만 저들은 그냥 두어라. 아파해야 할 자는 마땅히 충분히 아파야 한다."

백호영감이 그들에게 가까이 가서 꾸짖듯이 말했다.

"너희는 가야 할 길로 가거라. 우리가 가는 길로는 함께 갈 수 없다."

백호영감의 호통에 비호가 또다시 포효했다. 그들은 오들오들 떨며 더욱더 몸을 웅크렸다. 방글동자가 백호영감에게 물었다.

"저들이 가야 하는 길은 어떤 곳입니까?"

"어둠이 이어지는 가시밭길, 마음의 짐을 짊어지고 가야 하는 고통의 길일 테지. 방글동자야. 그만 가자."

백호영감이 몸을 돌렸다. 방글동자가 뒤를 돌아보면 백호영감이 앞만 보고 걸으라고 타일렀다.

그 사이 윤이는 불을 가진 아이들을 모두 다독여 주었다. 어느새 뜨거운 불길은 사라지고 길 위에는 작은 불빛들만 반짝이고 있었다.

그제야 꼭두들이 윤이 곁으로 다가갈 수 있었다. 신기하게도 윤이는 전혀 힘들지 않은 표정이었다.

"우리가 널 도와야 하는데, 오히려 네가 우리를 도왔구나."

백호영감이 윤이에게 말했다.

"이젠 네 손도 따뜻해졌지?"

방글동자가 손을 내밀자 윤이가 꼬옥 잡았다.

"불길이 치솟을 때는 그렇게 무섭더니, 이제는 세상이 따뜻해졌습니다."

"연화부인 말이 맞소. 불이란 게 참 신기하오. 가까이 갈 수 없을 만큼 사납기도 하고, 사람을 불러 모으는 온기가 되기도 하니 말이오."

"어? 잠깐만요!"

윤이가 갑자기 방글동자의 손을 놓더니 길가 구석진 곳으로 향했다. 캄캄한 그곳에서 윤이는 웅크리고 있는 꼬마 아이를 찾아냈다. 그 아이에게는 작은 불꽃조차 없었다. 꼭두들이 얼른 윤이를 따라 그곳으로 가 보았다.

"어둡고 구석진 곳에서 왜 저러고 있지?"

방상시와 거꿀잽이가 얼굴에서 장난기를 숨기며 말했다. 언뜻 보기에, 꼬마 아이의 얼굴이 윤이를 닮은 듯도 했다.

꼭두들이 불러도 꼬마 아이는 눈도 못 마주쳤다. 아이는 어둠 속에서 벌벌 떨며 손을 모아 누군가에게 계속 빌었다.

"잘못했어요. 용서해 주세요."

윤이가 바짝 다가갔지만, 꼬마 아이는 어두운 구석에서 나오려 하지 않았다. 윤이가 꼬마 아이 옆에 가만히 앉으며 어깨 위에 손을 얹었다. 꼬마 아이의 어깨와 윤이의 손이 함께 떨렸다.

"잘못한 건……네가 아니야!"

윤이가 떨리는 목소리로 말했다.

"용서는 잘못을 한 사람이 비는 거야."

윤이가 꼬마 아이의 손을 잡으며 다시 말했다.

그때, 불꽃을 든 아이들이 다가와 꼬마 아이 주위로 빙 둘러섰다. 주변이 환해지자 꼬마 아이가 고개를 들었다. 눈물이 턱밑까지 흐르고 있었다.

“저, 정말?”

꼬마 아이가 윤이에게 물었다. 윤이는 꼬마 아이를 폭 안아 주었다.

“그래. 넌 잘못이 없어. 이젠 괜찮아. 사랑해.”

꼬마 아이가 윤이를 부둥켜안고 엉엉 울었다. 윤이가 꼬마 아이의 등을 토닥거렸다. 불꽃을 든 아이들이 다가와서 윤이와 꼬마 아이를 감싸주며 한입으로 말했다.

“고마워!”

“괜찮아!”

“사랑해.”

어둡고 추웠던 꼬마 아이의 마음에 온기가 전해졌다. 그러자 꼬마 아이의 손에도 작은 불꽃이 생겨나 반짝거렸다.

9. 함께 가는 길

윤이와 꼬마 아이는 한동안 부둥켜안은 채로 있었다. 불꽃을 든 아이들도 두 사람을 따뜻하게 감싸 주었다. 꼬마 아이의 표정은 한결 밝아져 있었다. 윤이 눈에서 눈물방울이 또로록 떨어졌다. 떨어진 눈물방울은 볼을 타고 내려와 꼬마 아이의 어깨에 닿았다. 그 순간, 꼬마 아이의 형체가 희미해져 갔다.

꼬마 아이의 모습이 스르르 지워지고, 그 손에 있던 불꽃이 반딧불처럼 공중을 빙글빙글 돌았다. 불꽃은 윤이 머리 위를 빙빙 돌더니 윤이 가슴 속으로 스르륵 들어갔다. 윤이는 양손을 모아 가슴을 감싸 안았다. 마음속 깊숙한 곳까지 따뜻한 기운이 퍼져

가는 것 같았다.

"이제 됐어!"

윤이가 꼭두들을 돌아보며 활짝 웃었다. 꼭두들도 윤이를 안아주고 토닥여주었다.

뜨거운 불길이 사라진 들판에는 따뜻한 불꽃들이 반짝였다. 불꽃을 가진 아이들은 다른 곳으로 떠나지 않고 서성거렸다. 갈 길을 모르는 것처럼, 어쩌면 갈 곳이 없는 것처럼.

"너희는 어디로 갈 거니?"

윤이가 불꽃들을 향해 물었다. 그렇지만 불꽃들은 흔들리기만 할 뿐 아무 대답이 없었다. 윤이는 백호영감을 바라보았다. 무언가 바라는 것이 있는 듯했다.

"영감님, 같이 가요."

"우린 너와 끝까지 가는걸?"

"아니요. 이 친구들도 같이 가요."

"저 아이들도?"

윤이가 고개를 끄덕거렸다. 백호영감이 난감한 표정을 지었다.

"저 많은 아이들을 우리가 무슨 수로 배웅한단 말이야?"

거꿀잽이가 펄쩍 뛰어 반대했다. 윤이는 입을 삐죽 내밀었다.

"윤아, 생각 좀 해 봐라. 우리는 고작 다섯이야. 그런데 아이들은 수십 명이야."

거꿀잽이가 따지듯 다시 말했다. 윤이가 여전히 입을 삐죽 내밀고 말똥말똥 거꿀잽이를 쳐다보았다.

"아, 그렇게 쳐다보지 마라. 마음 약해지니까."

거꿀샙이가 다시 백호영감에게 말했다.

"영감, 뭐라고 말을 좀 해 봐요. 설마 마음이 흔들리는 건 아니죠?"

백호영감이 꼭두들과 눈맞춤을 했다. 그러더니 멀리서 서성이는 불꽃들을 둘러보았다. 백호영감이 한차례 깊은숨을 내쉬더니 입을 열었다.

"가자. 함께 가자!"

말은 무겁게 했지만, 말이 끝난 뒤 표정은 가벼웠다. 백호영감의 말이 끝나기 무섭게 윤이가 통통 뛰며 좋아했다.

"우와! 고마워요."

"아니, 영감. 어쩌려고 그러오? 이게 될 일이오?"

거꿀잽이가 풀쩍 뛰며 성을 냈다.

"저 불꽃들은 윤이가 어루만져서 만들어낸 것이다. 상처투성이

였던 윤이가 말이야. 치솟는 불길은 사람을 해치지만, 다스려진 불꽃은 세상을 따뜻하게 만들어 준다는 걸 윤이가 우리에게 가르쳐 주었어."

백호영감의 말에 연화부인이 거들었다.

"그래요. 작은 불씨들이 서로 보듬으면 가는 길이 한결 따뜻해지겠죠. 윤이가 원하니 함께 가요. 그래야 윤이 마음이 편안하지요."

방글동자가 고개를 끄덕이며 말을 받았다.

"맞아요. 우리는 윤이의 저승길을 배웅해 주는 꼭두라고요. 윤이가 마지막 길을 편안하고 즐겁게 갈 수 있도록 도와줘야 하잖아요. 그러니 윤이가 원하는 대로 해 줘야죠."

다른 꼭두들이 고개를 끄덕이자, 거꿀잽이도 어쩔 수 없다는 듯 받아들였다.

"좋아! 어디 가 보자고. 좋은 길이 될지, 고생길이 될지 가 보면 알게 되겠지."

"그래, 모두 따라줘서 고맙다. 우리가 저들을 데려가는 게 아니라, 저들과 함께 윤이를 배웅하는 거라 생각하자."

백호영감이 꼭두들과 차례로 눈을 맞추며 고마워했다. 윤이가 기뻐하며 말했다.

"정말 함께 가는 거죠?"

"그럼!"

윤이가 팔짝팔짝 뛰며 불꽃들을 향해 외쳤다.

"얘들아! 우리 같이 가자!"

윤이 목소리가 들판에 쩌렁쩌렁 울리자 불꽃들이 춤을 주듯이 움직이며 총총 모여들었다. 그러자 길이 환하게 열렸다.

"이제 갈까?"

백호영감이 말하자 꼭두들이 한 줄로 섰다.

"꼭두야, 꼭두야. 배웅길……."

"자, 잠깐!"

백호영감이 출발을 알리려고 하는데 갑자기 거꿀잽이가 발바닥을 맞부딪치며 막아섰다.

"거꿀잽이야, 왜 그러느냐?"

"영감, 우리 좀 신명 나게 갑시다. 그러면 이 길이 얼마나 즐겁겠소?"

"신명 나게 가자니?"

"아, 글쎄 저걸 보시오."

거꿀잽이가 가리키는 길은 끝을 가늠할 수 없이 길었다.

"저렇게 먼 길을 언제 가겠소? 그러니 노래판, 춤판을 벌여 즐겁게 놀며 가자는 말이오."

백호영감이 다른 꼭두들을 보며 말했다.

"거꿀잽이의 말을 어떻게 생각하느냐?"

"좋아요. 그래야 윤이도 마지막 길을 즐겁게 갈 수 있지요."

연화부인의 말에 꼭두들이 고개를 끄덕였다. 거꿀잽이가 맨 앞으로 나서며 말했다.

"그렇담 좋다. 방상시야, 이제 길도 밝으니, 넌 뒤로 빠져라."

거꿀잽이가 콩콩 뛰며 방상시에게 뒤로 물러나라고 했다. 방상시가 쳐다보니 백호영감도 그러라고 고개를 끄덕였다. 그래서 마지막 길에는 거꿀잽이가 맨 앞에 섰다.

"자! 이제 내가 앞장설 테니 다들 따라오시오. 신명 나게 한 판 놀며 가자고!"

거꿀잽이가 신나서 풀쩍풀쩍 뛰었다. 재주를 한 번 넘으니 장구며 꽹과리, 날라리 같은 악기들이 나왔다. 재주를 두 번 넘으니 알록달록 형형색색의 만장*들이 나왔다. 재주를 세 번 넘으니 각

만장: 죽은 사람을 애도하여 지은 글을 천이나 종이에 적어 깃발처럼 만든 것. 장사를 지낼 때 상여 뒤에 들고 간다.

색의 향기로운 꽃가지들이 나왔다.

"뭐 해? 마음에 드는 것 아무거나 잡아라."

거꿀잽이의 말에 불꽃을 품은 아이들이 우르르 몰려와 악기, 만장, 꽃가지를 집어 들었다. 아이들은 신기한 듯 그것들을 요리조리 살펴보았다.

거꿀잽이가 다시 한번 크게 재주를 넘자, 하얀 실로 짠 기다란 천이 나왔다. 천에는 띄엄띄엄 매듭이 묶여 있었다. 거꿀잽이는 천의 한쪽 끝을 자기 몸에 묶고, 반대편 끝을 윤이에게 던져 주며 말했다.

"윤아, 천을 붙잡고 따라와라. 따라오다가 즐겁고 흥겨우면 묶인 매듭을 하나씩 풀어라. 그 매듭이 다 풀릴 즈음에 길의 끝에 다다를 것이다."

윤이가 천의 끝을 잡았다. 방글동자가 윤이 옆에 서서 천을 함께 잡아 주었다.

"영감, 이제 출발하시오!"

준비를 마치자, 거꿀잽이가 백호영감을 쳐다보며 말했다. 백호영감이 거꿀잽이에게 힘을 보태주었다.

"거꿀잽이야, 여기서는 네가 꼭두대장이다. 네가 출발을 알려라."

그러자 거꿀잽이가 주위를 둘러보며 크게 물었다.

"신나게 놀 준비, 됐는가?"

작은 불꽃들이 팔랑팔랑 움직이며 어서 가자고 재촉했다.

"좋아, 가 보세! 꼭두야, 꼭두야! 우리 신명 나게 배웅길 가자! 풍악을 울려라!"

거꿀잽이가 우렁차게 외치자 꽹과리를 쥔 아이가 먼저 '갠지갠지 갠지개갱' 하며 장단을 시작했다. 뒤이어 장구와 북, 징을 쥔 아이들이 몸을 실룩대며 소리를 맞췄다. 날라리를 쥔 아이들은 '삐리리 삐리리' 흥을 돋우었다. 만장을 쥔 아이들은 장대를 높이 들고 펄럭이며 길을 따라갔다. 노랑, 분홍 꽃가지를 든 아이들은 꽃가지를 흔들며 멀리까지 향기를 퍼트렸다.

거꿀잽이가 앞장서서 쉬지 않고 재주를 넘으며 나아갔다.

화가 난다며 바위를 발로 차던 아이가 징을 징징 치면서 춤을 추었다. 윤이가 쥐고 있던 매듭을 하나 풀었다. 방글동자는 윤이가 매듭을 쉽게 풀 수 있도록 거들어 주었다. 윤이는 매듭을 풀고 나서 덩실덩실 춤을 추었다.

"이거 정말 즐겁구나! 덩기덕 덩덕!"

웅크려 울고 있던 아이는 장구 장단에 따라 손뼉을 치며 이리 돌고 저리 돌았다. 아이의 얼굴이 활짝 핀 꽃처럼 환했다. 윤이가 활짝 웃으며 쥐고 있던 매듭을 하나 더 풀었다.

"세상 참 신난다! 함께해서 더 좋다!"

서로 헐뜯고 싸우던 아이들이 어깨동무하고 춤을 추었다. 윤이가 쥐고 있던 매듭을 또 하나 풀었다.

"정말 사랑해!"

손톱을 물어뜯으며 자신의 아픔을 말해 주고 싶어 하던 아이는 피리를 '삘리리 삘리리' 불며 빙글빙글 돌아다녔다. 이 사람 저 사람과 서로 부딪히고 기대며 흥겹게 춤을 추었다. 아이의 이마에 맺힌 땀방울에 불꽃이 비추어 반짝였다. 윤이가 쥐고 있던 매듭을 다시 하나 풀었다. 윤이 몸이 점점 가벼워지는 것 같았다.

10. 마지막 배웅

매듭을 하나씩 풀 때마다 하얀 천이 하늘하늘 물결처럼 흔들렸다. 윤이 손에 들린 하얀 천의 매듭이 이제 하나밖에 남지 않았다.

"윤아, 이게 마지막이야."

윤이 옆에서 매듭 풀기를 도와주던 방글동자가 귀띔했다.

"정말 하나밖에 안 남았구나."

윤이 말투에 아쉬움이 묻어 있었다. 매듭이 사라진다는 것이 무엇을 뜻하는지 윤이도 알고 있었다.

윤이는 마지막 매듭을 잡고 꼭두들을 돌아보았다. 백호영감은 비호를 타고 공중을 빙글빙글 돌고 있었고, 방상시는 북 장단에 맞춰 창을 흔들며 춤을 주고 있었다. 연화부인은 손동작으로 장단을 맞추며 미소 짓고 있었다. 다들 즐거운 얼굴이었다.

윤이가 그들을 바라보며 마지막 매듭을 풀었다.

순간, 거꿀잽이가 춤을 멈추었다.

"벌써 다 왔네!"

거꿀잽이가 가쁜 숨을 몰아쉬었다.

이윽고 흥겹게 울리던 풍악 소리가 멎고, 춤판도 그쳤다.

"윤아, 이제 다 왔구나. 이제 이 강을 건너면 된다."

길 끝에서 백호영감이 윤이에게 말했다. 윤이 앞에는 넓은 강이 출렁이며 세찬 물결을 쏟아내고 있었다.

"안 가면 안 돼요?"

윤이가 아쉬운 듯 백호영감에게 물었다. 백호영감은 고개를 저었다.

"네가 가야 할 길이다."

"다시 돌아갈 수 없는 거죠?"

"지나가 버린 시간을 떠올릴 수는 있어도, 되돌릴 수는 없단다."

"하지만, 강물이 너무 무서운걸요? 이렇게 출렁이는데 어떻게 건너가요?"

"안심해라. 우리가 끝까지 도와줄 테니."

백호영감은 거꿀잽이에게 윤이가 하나씩 매듭을 풀던 천을 받았다. 백호영감이 강물에 하얀 천을 풀어 넣고 두 손을 모았다. 꼭두들도 함께 손을 모으고 기도를 올렸다.

"비나이다. 비나이다. 어린 넋이 가는 길에 폭풍 같은 바람을 멈추시고, 아기 숨결처럼 잔잔한 바람을 내어 주소서. 출렁출렁 춤을 추는 물결 대신 솜털 같은 부드러운 길을 내어 주소서."

꼭두들이 기도를 끝내자 거짓말처럼 강물이 잔잔해졌다.

"잠깐만 기다려라. 너를 태울 배를 만들어줄 테니."

백호영감이 말하자, 꼭두들이 각자 나무판을 꺼냈다. 그러더니 부지런히 움직이며 배를 만들었다.

백호영감은 배의 앞에 붙일 용머리를 만들고, 거꿀잽이는 배의 뒤에 붙일 용꼬리를 만들었다. 방상시와 연화부인, 방글동자는 나무판을 이어 배의 몸통을 만들었다. 함께 온 아이들도 모두 탈 수 있는 큰 배가 완성되었다. 영락없는 용 한 마리가 강물에 띄워졌다.

“윤아, 이제 가자!”

연화부인이 윤이를 이끌고 배 위에 올랐다. 윤이가 맨 가운데에 자리를 잡았다. 연화부인과 방글동자가 옆에 앉아 윤이 손을 잡았다. 방상시가 앞에 서고, 거꿀잽이는 맨 뒤에 자리를 잡았다. 불꽃을 가진 아이들이 차례차례 배에 올라탔다.

“윤아, 이건 이제 네가 가지고 있어라.”

연화부인이 윤이에게 연꽃을 들려주었다. 연꽃에서 은은한 불빛이 나왔다.

“윤아, 혹시 어두운 곳을 지나더라도 무서워 말거라. 그리고 다음 생에 태어날 때는 불을 밝혀서 축복받는 길을 잘 찾아가도록 해라.”

연화부인이 윤이 손을 꼭 잡고 기도해 주었다. 방글동자도 옆에서 윤이 손을 꼭 잡아주었다.

마지막으로 백호영감이 뱃머리에 자리를 잡았다. 백호영감이 배에 올라타자 꼭두들이 기도하기 시작했다. 기도 소리가 안개처럼 스멀스멀 물 위로 흘렀다.

여기 예쁜 꽃 한 송이 떨어져

물 위로 떠갑니다.

이생에서 못다 피운 꽃송이

다음 생에는 활짝 피어나게 하소서.

물결 따라 떠내려간 이 꽃송이

지워지지 않는 향기로 남아

기억나게 해 주소서.

다시는 못다 피운 꽃송이가

떨어지지 않게 살펴주옵소서.

여기 예쁜 꽃 한 송이 떨어져

물 위로 떠갑니다.

여린 꽃잎 상하지 않게

부디 굽어 살펴주옵소서.

꼭두들의 기도가 끝났다.

돛도 없는 배가 서서히 앞으로 나아갔다. 윤이를 태운 배는 강 건너 향기로운 꽃이 가득한 그곳으로 천천히 흘러갔다.

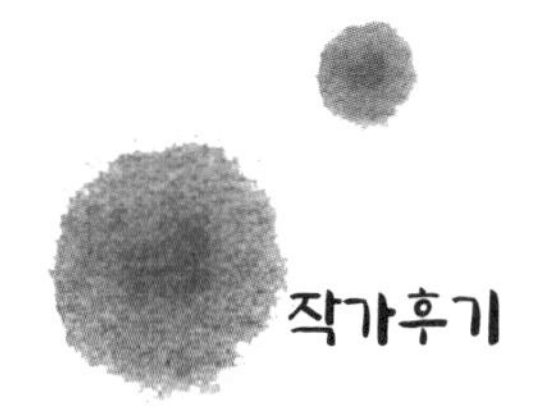

작가후기

몇 년 전, 신문을 뒤적이다가 너무나 가슴 아픈 사연을 보았습니다. 자신의 꿈을 채 펼치지도 못한 어린아이가 가장 사랑받아야 할 가족의 손에 무참히 짓밟힌, 말을 꺼내기도 두려울 만큼 처참한 사건이었습니다. 아이의 마지막을 생각하며 한동안 가슴이 먹먹했습니다.

그런데 이런 일은 끝이 아니었습니다. 아동학대로 피해를 입은 아이들의 사연은 끊이지 않고 뉴스에 등장했습니다. 그런 기사가 눈에 띌 때마다 두려움에 떨었을 아이들의 모습이 떠올라 견디기 어려웠습니다. 차마 상상하기도 싫은 끔찍한 일들은 안타깝지만 오늘도 일어나고 있습니다.

그래서 억울하게 세상을 떠난 아이들의 마음을 달래 주고 싶었습니다. 아름다운 이 세상에 태어나 따뜻한 빛 한 번 못 보고 떠난 꽃들을 위로해 주고 싶었습니다. 어떤 위로도 아이들의 깊은

상처를 깨끗이 치유해 주지 못하겠지만, 채 피지도 못한 채 떨어져 버린 꽃들을 외면하지는 말아야겠다는 생각이 들었습니다.

어렵게 용기를 내어 글을 쓰기 시작했습니다. 먼저, 아이들의 마음을 달래 줄 꼭두 친구들을 데려왔습니다. 낯설고 어두운 길을 떠나는 아이들이 행여 무서워 떨게 될지 모르니, 끝까지 함께 손을 잡아 줄 친구가 필요했습니다. 꼭두가 바로 그런 친구였습니다. 꼭두 친구들 덕에 그나마 아이들의 마지막 길이 덜 외로웠기를 진심으로 바랐습니다.

이 작품을 쓰는 내내 마음이 아렸습니다. 상처는 숨기고만 있으면 더 커집니다. 살이 곪아 썩기 전에 상처를 드러내야 치유할 수 있다는 생각으로 마지막 장까지 힘들여 글을 썼습니다. 부디 어둠에서 홀로 고통받는 아이들이 더 이상 뉴스에 나오지 않기를 바라며, 조심스럽게 이 작품을 여러분께 선보입니다. 함께 아파하고, 따뜻하게 안아 주고, 떠난 아이들의 아픔을 잊지 말아 주십시오.

너무 일찍 떨어져 버린 어린 꽃들을 기억하며

김대조